U0439254

放宽心 吃茶去

莫言 王振 著

人民文学出版社

莫言摄于非洲

目录

世间好光景

002　游泳与书法
004　秋天的故事
009　打铁秘诀
012　石门忆旧
018　我是不孝之子
027　摄月小记
031　梦骑黄龙
032　那晚的红月亮
035　汉书下酒　陈檄祛风
037　小品生动
039　放宽心　吃茶去

写诗是醉后爬树

042　重温经典　仰望雪山
045　最是那一低头的温柔
054　小说高手　文豪故居
056　写诗是醉后爬树
062　小说与戏剧
074　聂鲁达的铜像
078　寒梅傲雪
083　高山小镇　世界肚脐
084　瓷盘与烟斗
091　开罗手记
095　云起处　追鸿鹄
098　忆领万海文学奖
103　读剧赋诗
104　高人颂
111　金陵观剧

云追月，月追人

116 九龙皇帝 涂鸦大师
118 鬼哭雨粟 石破天惊
123 与古为新
127 望月思先辈
128 登超然台记
133 鱼山埋骨 洛水寄情
137 精忠报国 还我河山
141 安阳学字
145 两块碑，两首诗，两位英雄
146 摸书者说
151 屈之为舒 和而不同
153 重温马的眼镜
155 有独家面貌 成大众楷模
158 墨仙奇谈
165 论剑须纵酒 谈诗必交心
169 啸傲江湖
171 圣人门第 阙里世家
175 黄河过邹平
177 周越遗响 米苏蔡黄
179 林海高山
183 休休罢罢休休
185 书生底色 战士情怀

万类自得

191　巍然屹立　王者风范
196　千翔集会　万羽翻飞
201　花奇树贵　物竞天择
203　团绒簇雪　散麝流香
207　巍巍吉象　朗朗乾坤
209　鸵鸟高蹈　秃鹫低翔
212　角马非马　野牛真牛
217　斑斓豹影　美丽草原

纵横随本意

224 诗书凤凰

229 芙蓉花开

233 再登岳阳楼

237 齐城遗迹 石海凝波

239 蓬莱仙境

241 京师锁钥

244 桥若能言 出语惊天

251 红螺翠竹 墨菊丹梅

255 三江口纪行

259 心系四海 桥连三城

261 玉龙梅里 圣境灵山

265 云霞变幻 见龙在田

271 景洪夜市 基诺佳节

273 上连巴蜀 下探越吴

277 双坝一峡 雄秀天下

280 今夜星光灿烂 明朝日色辉煌

285 卧冰励志 澡雪精神

288 我爱国时句句火

世间好光景

游泳与书法

吾思所谓书法，与游泳有类似之处。想吾故乡凡家住河边者，几无不能下水扑通几下子的。尽管那姿势或狗刨或猪拱，皆无美观可言，但涉水救命之用具矣。此种泳术，难登大雅之堂。欲想成为运动员参加比赛，那还得摒弃旧习，从头学起，其难度甚至大于从没下过水的旱鸭子。

我记得早年有部电影名曰《水上春秋》，讲一擅长扎猛子的来自农村的运动员，参加蛙泳比赛，常以潜泳绝技胜出，获金牌若干。后有关部门修改章程，蛙泳比赛中不准潜泳，这运动员只好放弃绝活改学标准姿势，最终又获成功。当然我们知道，类似这种情况再获成功的可能性是极小的。

在现实生活中，书写较游泳更为普及，而形成了个人风格的书写者也不在少数。从笔迹学的角度来讲，那可以说一人一个风格。但要写出真正的书法并进入书法家的行列，那就要放弃许多个人的东西，按照约定的标准书写，方能得到承认或被接纳。这很有几分霸道，但也是无奈，因为这被约定的标准，是经过无数次的优胜劣汰形成的。

现代的泳技是建立在严格的科学研究基础上的，每一个动作都是最能发挥潜能、最能提高速度的。吾思在书法演变的漫长过程中，对速度的追求应是最大的动力。至于是否美观，在初始演变阶段当是属于第二位的。现在当然颠倒了过来。当今电脑时代，用毛笔书写是近乎奢侈的行为。速度已经无关紧要，美观抑或吸引眼球几乎就是唯一的目的。这与游泳不大一样了。游泳不问姿势是否美，只论速度。当然只要动作标准，大家的泳姿也差不了太多。甚至可以说：快就是美。

对书写速度的追求，源于书法的实用性，因此，易于辨识也是演变字体的基本要求。这也是约定俗成的草书规范产生的根本原因。当然，在草书规范化的过程中有的人发挥了巨大作用，但就像李时珍编撰《本草纲目》是广泛吸收了前人的学术成果、广泛汲取了民间的智慧一样，汉字的演变也是如此。那些民间的书写者为了便利和速度的不规范书写，最终成了我们的规范。

毫无疑问，在当代书法的实用性已经大大减弱、书法的实用性几乎等同于书法的观赏性时，书写变革的根本动力已不是速度而是美观或夺目，这就导致了书写材料上的标新立异，以及章法上的造险与字法上的求奇。这大概也是所谓的现代书风产生的原因吧。

我对锐意创新者一向敬仰。许多现在看起来离经叛道、不被接受的东西，将来有可能成为后人眼里的经典。现在最好不要采取一棒子打死的态度。但创新者也应研究创新的规律，即创新其实是量变的积累，另起炉灶几乎是不大可能的。书法领域的创新更是如此。

吾在小说创作领域，一直锐意求新。但近年愈来愈感到小说技法其实并无严格的新旧之分。无论如何新，最基本的东西还是必须遵守。书法大概也是如此吧。我是业余爱好者，不敢妄言，泛泛浅见，供方家两哂耳。

即颂椽笔生花

庚子冬月

村叟　莫言

秋天的故事

辛丑七月十一日，蓝天白云，秋高气爽。吾去胶州农民朋友老杨家的农场学习驾驶机车收割玉米。这是难得的体验。坐在驾驶楼里，在震耳轰鸣中，看到成片的青玉米瞬间被切割粉碎成青饲料，其效率之高，质量之好，不由吾感慨万千。吾在农村生活多年，深知体力劳动之苦。实现农业机械化、减轻劳动强度，是几代人的梦想，如今终于成真。

改革开放四十多年最大的成绩，我以为就是让农民从面朝黄土背朝天的状态中解放了出来。弯着腰的痛苦，只有弯过腰的人才知道，而直起腰来的幸福，也只有弯过腰的人能体会。

水调歌头·割玉米

手把方向舵，高坐驾乘楼。青葱千顷，绿浪奔涌闹金秋。铁臂钢牙铜口，喷吐碧珠玉屑，欢乐马羊牛。今日心情好，香气四周浮。

背朝天，面向地，汗水流。不堪回首，白了多少少年头。心里希望永在，梦中画图真有，温饱再无忧。银燕冲天起，贴地走斑鸠。

辛丑七月十五

莫言

背朝天面向地汗
流浹不堪回首
自己多少年
心裏盼望永
在夢中逍
圖吉的温飽再
黄土裡銀花沖天
起背地吉疏嬌

力勞動之苦實現農業
機械化減輕勞動強度
是幾代人的夢想如今終
於基本改革開放四十
多年最大的成績之一就
為就是讓農民從面朝
黄土背朝天的狀態中
解放了出來挺着腰
的痛苦只有彎過腰的
人才知道 而直起腰來的幸福也只有彎過腰的人能體會

辛丑春月十五 莫言

水調歌頭·割玉米

手把方向飛高坐
駕乘樓表蔥子
頃刻浪尖奔湧開
金秋鐵臂鋸牙鋼
口吸吐碧珠玉屑
歡樂高羊牛
自心情好香氣四周子

辛丑七月十一日藍天白雲
秋高氣爽莫弄去滕州棗
莊朋友在楊家的農場學
習駕駛機車收割玉米
這是難得的體驗 叫生去
駕駛樓裏在震顫
嗚呼 張鍾來
片刻玉米 瞬間被切
割粉碎成青飼料
在故鄉之高賢量文

大锤抡起快如
风雷电钳钢
动夜空惊火升
膛烧鬼洞金星飞
迸溅啸飞虫
打铁先要腰子
硬吧也还须可
自要关通修千修秀
方向完 道循秘
诀建还寺功
铸字出律暂不改
辛丑小暑 莫言

打铁秘诀

吾此生有过两段打铁生涯。一是童年时在桥梁工地上为老铁匠拉风箱烧铁件；二是青年时在县棉花加工厂跟张鸿宾老师傅当学徒，抡大锤须低后手即是他老人家的教导。

打铁

大锤抡起快如风，
雷电铿锵动夜空。
炉火升腾烧鬼洞，
金星迸溅吓飞虫。
打铁先要腰身硬，
唱曲还须耳鼻通。
后手低垂方向定，
遵循秘诀建奇功。

铁字出律暂不改
辛丑小暑
莫言

打鐵低頭手，作文放平心。
晶冰照破骨，烈火鍛出金。
麻雀欺鵬志，長詞見妙諦。
知音何處覓，新指撥瑤琴。

讀人民日報書評打鐵低頭手寫小說也[illegible]低頭手有感口占五律一首

辛丑仲夏[illegible]

打铁低后手

打铁低后手，
作文放平心。
晶冰照硬骨，
烈火锻真金。
麻雀欺鹏鸟，
长词见妙襟。
知音何处觅，
轮指抚瑶琴。

读《人民日报》专访《打铁低后手，写小说也要低后手》有感，口占五律一首。

辛丑仲夏

邹平　王振

石门忆旧

易县石门，是原总参三部五局训练大队所在地，吾曾在此工作三年多（一九七九年九月至一九八二年十月）。

初来时，我担任班长，训练一批从地方招来学习报务的小兵，他们是以解放军工程技术学院第五系的名义招来的学员，但到此一看，满目荒山秃岭，与他们山清水秀的故乡和想象中的军校大相径庭，有些女孩子放声大哭，也有些男孩子私下发牢骚，说是部队把他们骗来的。

我用一个月的时间教会了他们各种队列动作以及射击投弹等基本军事技能。然后他们便开始了业务训练，而我也因表现突出被留在训练大队担任保密员。因单位小，无多少文件可管，又让我兼任了图书管理员和政治教员。虽然我能写点小文章，但给学员们讲授哲学、政经等大学版课程，一个只读了五年小学的士兵的知识储备是远远不够的，但领导说我行，我便知难而上，利用管理图书之便，疯狂阅读，现学现卖。幸好我一人居住在保密室，即便是彻夜不眠也不会影响到别人休息。那时年轻气盛记忆力好，所以我讲的课很快便在五局系统有了点小名气。

在这间安静的保密室里，我同时开始了文学创作。一九八一年秋，处女作发表在保定市文学刊物《莲池》上，之后我在该刊连续发表了五篇小说，在保定文坛上有了一点小名气。

因为讲课与文学创作成绩，我被破格提拔为干部，并由此走上了文学之路。石门三年对我来说具有特别重要的意义。

辛丑十月十三日，吾驱车由京来此寻访旧地。三十九年过去，弹指一挥之间，往事历历在目，但营区因废弃多年，断壁残垣，满目荒凉，瓦砾遍地，杂草丛生。我住过的那间保密室，虽门窗全无，但房盖尚未完全坍塌。屋子里堆满杂物，脚下厚厚一层枯枝败叶。屋后矮墙外有一棵柿子树，结满累累红柿的枝条探过墙来，在阳光照耀下鲜艳夺目。墙外那道陡峭崖壁下的小河，水流依旧清澈，水声依旧响亮。想起我在此读过的那些书、写过的那些文章、度过的那些漫漫长夜，我不由思绪万千。

周围的村民听说我来了，纷纷前来与我叙旧合影。从他们口中，我知道近年来有很多战友结伴而来。由此，我也知道，石门山中的这段军旅生涯对于我们都是一生中最宝贵的记忆。

当乡亲们夸我有出息时，我对他们说，五中队有位名叫李翔的学员，后来考入了解放军艺术学院美术系，成了全国著名的大画家。还有几位在数学密码学方面做出突出贡献的学员，被选为科学院院士。他们才是真正的石门杰出人物，我应该向他们学习。

辛丑小雪

莫言

莫言在石门山四中队宿舍旧址

贺新郎·重走石门路

重走石门路，三十九载风和雨，苦行独旅。断壁残垣朝天诉，瓦砾枯蒿杂树。文章似花开五度，挚友恩师知何处，叹人间耻辱随荣誉，成莫喜，失何怒。

三年磨练忘寒暑，吃大葱挑灯夜读，讲台狂语。试课杨林惊鸟兔，黄钟大吕气若虎。第二故乡保定府，莲池花山大刊物。藉东风飞上云端去，垂首看，群山舞。

离别卅九年，重访易县石门老营区，感慨万千，填《贺新郎》以记此行。

辛丑小雪

莫言

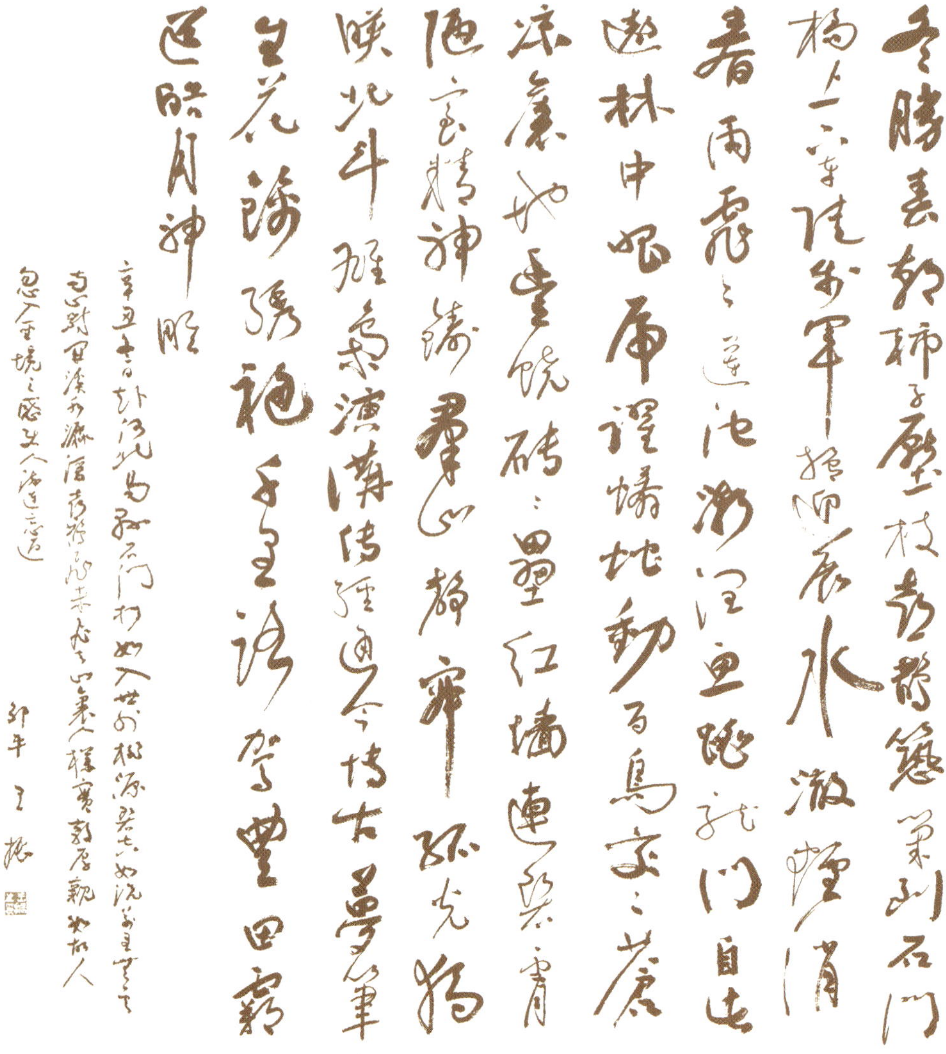

沁园春·石门胜境

冬胜春朝，柿子压枝，喜鹊筑巢。到石门桥上，下车徒步，军旗迎展，水澈烟消。春雨霏霏，莲池渐润，鱼跳龙门自此遨。林中唱，虎跃蟒蛇动，百鸟交交。

苍凉旧地丰饶，砖砖垒，红墙连碧霄。陋室精神铸，群山静寂，孤光独映，北斗雄枭。演讲传经，通今博古，梦笔生花锦绣袍。千里路，驾丰田霸道，皓月神雕。

辛丑冬日，赴河北易县石门村，如入世外桃源。碧空如洗，万里无云，两山对开，溪水潺湲，喜鹊飞来飞去，山里人朴实敦厚，亲如故人，忽入圣境之感，使人流连忘返。

邹平　王振

我是不孝之子

看到您咽下最后一口气
我眼中流泪
心里却有几分欣慰
停了艰难的喘息
皱纹展开，浮现一丝笑意
哭着来笑着去
所以悲欣交集
我是不孝之子
爹，您说过
无恩不结父子

我曾用八百字描写一记耳光
您的手掌犹如古老的法器
也似畏葸的小兽
那声音与飞机音爆重合
令燕子碰壁，窗纸颤抖
尽管都是虚构
痛苦仍难忍受
这是我的《爆炸》
当时震动文坛
如今烟消云散
往事不堪回首
我是不孝之子
爹，您说过

无仇不结父子

面对着您的遗体
我看到一个婴儿
皮肤粉嫩，哭声响亮
从爬树的顽童到羞怯的新郎
从送军粮的民夫到做梯子的木匠
从弯腰割麦到爬着割麦
从一声咳嗽令儿子颤抖
到驮着孙子散步
在弹片的尖啸里
在高粱的隐喻里
在洁白的棉絮金黄的谷穗里
在牛的哀叫与收割机的轰鸣里
在可以言说与不可言说之间
在饿屁与饱嗝之间
在光与影的变幻中
九十六年转瞬而过
我是不孝之子
爹，您说过
虎毒不食亲儿

我一直记挂着那些没讲完的故事
那些小人物的大脾气
大人物的小把戏
狐狸们的红灯笼
会看风水的南方人

窗外的白银与瓮底的红裙
没有影子的人与会唱歌的马
被骂死的石榴树
牛肚子里的勃朗宁手枪
击穿了屈打成招的供词
您才是讲故事的高手
我是不孝之子
爹，您说过
虎父焉有犬子

您叹息一辈子碌碌无为
只生产了大约八万斤粮食
爹呀，这是了不起的业绩
何况还有棉花蔬菜
何况还有很多警句：
坏人从不忏悔反而逼人忏悔
忏悔的都是做了坏事的好人
知道自己坏的坏人不可怕
真正可怕的坏人自以为是好人
坏人能坏到什么程度
只有好人知道
只有被抹过屎的才知道屎臭
只有被狗咬过的才知道狗狠
好人多半不长寿
因为他经常心怀歉疚
坏种鬼见愁，阎王不敢收
多捡粪少赶集

吃地瓜尽量别剥皮
把父母当儿女养是谓大孝
我是不孝之子
爹，您说过
生子当如孙仲谋

您念过私塾
读过《三国》《水浒》
写一手好字
但因为有个去了台湾的堂弟
您只好在家种地
万物土中生
土地是我们的命根子
您是国家一级农民（我封的）
享受国务院减免农业税待遇
您是高粱地里一株高粱
父亲群里一位父亲
是一首长诗，一串叹息
一种信仰，一段记忆
想起您临终时呼唤亲娘
不由我热泪盈眶
我临死前也会呼唤亲娘
但同时还会呼唤亲爹
我是不孝之子
爹，如有来世
我还做您儿子

辛丑五月十日
莫言

只管去是虛構
痛苦似難忍受
這是我的爆炸一刻
時震動文壇
然後煙消雲散終了
不堪回首
我是不孝之子
實在無從說起
世代不孫父子
面對着黑的道路
我看到一個嬰兒
沒有粉嫩哭聲響亮
從祖村的頑童到
養性的新郎
從遠鄉耀的浪使
到做梯子的木匠

庫妻不會說光
我一直記掛着那些
沒有完的故事
那些小人物的大膊冬氣
大人物的小把戲
孫輩們的紅燈籠
會飛風水的西方之
窩家的金銀與瓷底
的紅綢
沒有影子的人與命
唱歌的鳥
被驚飛的石榴樹
牛肚子裏的勃朗寧手
槍擊穿了唐行俠招
的供詞

我是不孝之子

看到您咽下最後一口氣
我眼中淚液
心裏糊塗莫分辨
像了那艱難的喘息
欲發展開漂飛翔嗟空
哭著來嘆著去
所以出版文集〈我是不孝之子〉
答應您說過
對您不孝父子
我要用八百字描寫記下光
您的手搖搖的吉他的法器
也似長箕的小箕
那一聲音與飛機
音爆交合

從窗口瞭望 雲雀飛起著
雲雀
從一聲咳嗽命咒子歡
抖跑著身子散步
在彈片的史冊裡
在高粱的隱喻裏去
潔白的稗 粲金黃的
穀穗裏去生
的哀叫與收穫樣的
東鳴的裏
在可以書說與平言
說之首
在餘尾與飽嚼之首
在安與韻的文約中
九十六年 張瞬 寫過

自以為自己好人
壞人能懂我什麼程度
祇有好人知道祇有
被抹黑過的人才知道黑
暗祇有被狗咬過的
人才知道狗很
好人多半不長壽
因為他總是心懷歉
這壞種鬼見愁
閻王不敢收
多撿糞少趕集
喫地瓜盡量莫剝皮
把父母當兒女養是謂
大孝

父親群——裏一位父親
是一首長詩，一串嘆息
一種信仰——一段記憶
想起您說話時呼——
喚親娘
不由眾熱淚盈眶
我說死前也會呼喚
親娘 但同時還會
呼喚親爹
我是不孝之子我
爹，如有來世
還做您兒子

辛丑五月十日 百六二翁

您才是講都了的高手
永是不孝之子
爹爹您說過
虎父焉有犬子
您嘆息一輩子碌碌無
為只生產了大約
八百斤糧食
爹呀爹 這是了不起的
業績 何況
還有棉花蔬菜
何況何況又有很多警句
壞人從不懺悔
反而逼人懺悔懺悔的
我是做了壞事的好人

我是不孝之子
爹爹您說過
生子當如孫仲謀
您唸過私塾
讀過三國水滸
寫一手好字 但
因為有個去了臺灣的
堂弟
您祇好去家種地
葬物土中 住土地
是我們的命根子
您是國家一級農民
〈我封的〉
享受國務院懺兒

颐和园摄月

摄月小记

昨晚摄月，余兴未尽，今晚又去颐和园拍月。想象借助垂柳、拱桥、湖水、古典建筑等园林风景，定能拍出美丽照片。

黄昏入园，急行至十七孔桥边候月，但东边天际有朦胧雾气，又有霓虹闪烁，令人担忧。直至八时十分，暗红的月亮方从林木间露出脸膛。东边天际依然晦暗模糊，虽费尽心机，也未拍得一张满意的照片，此时看园人厉声催促离园，只好怏怏而退。由此可见，心想未必事成，无意之中得到，也许就是最好的。对于摄影来说，尤其是这样。

正如俗言所道：有心栽花花不发，无意插柳柳成行。世间多少好光景，犹如黄粱梦一场。

拍月杂感

小住香山听鸟鸣，
名园访遍忆军营。
钓来东海一轮月，
照我蹒跚夜路行。

壬寅四月十五
莫言

明月古京城来酒遥我尽兴喜
心留碧波鳞影暮苍松挺桥上
还故乡世月星移偏了六注人间
识只是海尚影川

壬寅四月十六日颐和园赏月一轮
晴朗明月亮洒北京城城其景致甚美也美不胜收真是一乐
供方家一乐
书於德静书屋 邹平王振

卜算子·颐和园赏月

明月出京城，举酒邀相敬。欢喜心间碧波鳞，万寿苍松挺。

桥上遇故知，无月星犹炳。天下谁人不识君，墨海当歌行。

壬寅四月十六日颐和园赏月，一轮暗红的月亮从北京城冉冉升起，填《卜算子》一首，供方家一乐。书于观鹊台。

邹平　王振

夢騎黃龍遊蒼穹
天々河波濤琉璃行
鵲橋難承別意重
落羽紛紛化彩虹

庚子冬之右書
首莫之言

梦骑黄龙

梦骑黄龙游苍穹，
天河波涛琉璃声。
鹊桥难承别意重，
落羽纷纷化彩虹。

庚子冬，左书。
莫言

那晚的红月亮

——献给母亲

那晚的一轮圆月
刚露出通红的脸
凄凉的秋风里
弥漫着苦涩的炊烟
我脚上生了一个毒疮
高烧不退，谵语胡言
她背我去求医
五里外，小河边
一双小脚，在泥路上蹒跚

我似乎听到爷爷奶奶
在低声交谈，嗨
这孩子大概不中用了
嗨，六岁的孩子不算个人
还有块柳木板
为他做个小棺吧
—— 爷爷是好木匠
盛名东北乡

我记着医生剖开那疮
脓血溅上她衣衫
我大声哭喊，我记着

她汗流满面
因为无钱打针
开了白色药片
我记着那被淘汰的药之名
医生的大眼镜，我记着
掏出包钱的破手绢时
她的手在抖颤

我记着那晚的红月亮
我记着她的喘息与哭泣
我记着她脊背的汗湿与温暖
我记着秋虫鸣叫，河水呜咽
萤火虫在飞舞，我记着
她临终时的目光
那晚的月光真美
那晚的红月亮

莫言

古說杜詩好截
瘧今傳宇內
西班牙洋書
、酒蘇公樂陳
樱桃風飄試寬
我錢全送黃錢
飽讀醇書癮
減也難助
若干鏈遊
百年先學
吳全佳佐

讀洋書、酒陳
樱桃風有感
口占七律一首并書
供方家一哂
辛丑三月初十日
書於硯齋之北
邹平王振

汉书下酒 陈檄祛风

“汉书下酒”典出宋人苏子美。己亥初冬，吾与友人东京赏红叶时，欲为此典对下句，杜子美诗截疟事，甚是般配，然平仄不谐，无奈对之以:元曲佐餐。虽不在典，但勉可合律对仗焉。近日，吾发表抄稼轩词治愈感冒故事，获趣评甚多，不由忆起曹孟德读陈琳檄文头风顿愈故事。于是终为这“汉书下酒”对上了一个既有出处又合平仄的下句“陈檄祛风”。檄乃入声字也。

辛丑正月

莫言

古说杜诗能截疟，
今传辛句可驱寒。
汉书下酒苏公乐，
陈檄祛风魏武宽。
听戏入迷无饿饱，
读经成瘾灭悲欢。
欲乘云鹤游天宇，
先学贤人墨佐餐。

读“汉书下酒　陈檄祛风”有感，口占七律一首并书，供方家两哂。

辛丑三月初十日书于观鹊台

邹平　王振

大雪纷飞人
出野我[illegible][illegible]
狂谣美光润处

辛丑大雪後
莫言

小品生动

大雪纷飞，
人在野外。
对天狂歌，
万花凋落。

辛丑大雪夜
莫言

駐足凝神聽梵音，柏林禪寺柏森森。寄詩意雕蟲句，學佛應持童子心。知道死生必定數，方能筆墨見高識。放寬心境喫茶去，大義微言夢裏尋。

辛丑三月末遊趙州橋並參拜柏林寺，因故不用[illegible]遊觀以集此詩。陶京緣書之 [illegible]真云

遥望柏林禅寺

驻足凝神听梵音，柏林禅寺柏森森。
写诗最忌雕虫句，学佛应持童子心。
知道死生皆定数，方能笔墨见高襟。
放宽心境吃茶去，大义微言梦里寻。

辛丑冬月末游赵州桥，欲参拜柏林寺，因故不开，门外遥观，吟成此诗，归京后书之。

莫言

柏林禅寺

写诗是醉后爬树

重温经典 仰望雪山

杂记九则

一

东非归来，重读海明威短篇小说《乞力马扎罗的雪》，有身临其境之感。草原、雪山、豹子、鬣狗、秃鹫与灿烂的星空，都落到了实处。

二

风吹鼓着帐篷，鬣狗在帐外哀嚎，星光射进，唤醒八月的蟋蟀悲鸣。旋转是宇宙本质，生命是个圈套。

三

草原之夜，被篝火照亮的朋友圈里，升腾着语言的泡沫与情感的碎片，黑暗中闪烁着鬣狗的眼睛。

四

无垠的草原铺展着无穷的烦恼，从火烈鸟飞起的湖泊东岸，狒狒正在制造工具，当它们进化为人时，人已经成为传说。

五

如果解救了被狮子追捕的羚羊，很可能饿死狮子的儿女。如果同情被豹子咬伤的鬣狗，被鬣狗掏肛的犀牛正在哀鸣。非洲的草原上没有慈悲。

六

清晨，那只头钻进白色塑料桶里的鬣狗，在河边跌跌撞撞地奔走，它时而撞到树干，时而碰上石头，没有人解救它。昨天它就在这里，秃鹫追随着它。

七

尽管讨厌掏肛的鬣狗，但它依然有生存的权利。尽管坏人令人痛恨，但坏人总是洋洋得意，坏人是社会进步的邪动力。

八

现在，我似乎明白了那只爬到雪山之巅的豹子想要干什么，它要体验一下被冻死前的温暖。

九

在枯树的尖端
蹲着一只大鸟
在朝霞里
在晚霞里
在风里
雨里
在电闪雷鸣里
等待它一飞冲天
我满头冰雪

癸卯秋
莫言

最是那一低头的温柔

——遥寄勒·克莱齐奥先生

你是身材高大的古稀老人
到高密东北乡来看我父亲
我家门楼矮
进门时你弯腰低头
记者抓拍了这张照片
题名为“最是那一低头的温柔”

那天真冷
莲池里结了厚冰
我父耳聋
听不清我们说话
只是笑哈哈地问：
吃了吗？ 吃了吗
你送我父一条围巾
手感甚好
我围着去开会
方知是名牌
脖子温暖便想起故乡的寒冷
老父满面笑容
是最热烈的欢迎
你站在猪圈东侧
手扶着墙，若有所思

也许是忧伤
也许是惆怅

我们说快包饺子
招待远来的贵客
你脱下貂皮领子大衣
双手托着送我父亲
我父亲连连摆手
孩子似的藏到我身后
我接了貂皮大衣
并翻箱倒柜
找出一件长袍，民国的，赠你
你披在身上亭亭玉立
真像一位五四时期的名士

这时一匹矫健的白马奔驰而来
铃声叮当，蹄声清脆
西边是幽暗的山影
东边是灿烂的太阳
你大吼一声，飞身上马
一头金发，满天彩霞
腾空而去，江山如画
去东南，你说
与那个梦见冰的孩子对话

时光如梭六年过

我父亲临终前问我

那个法国人回来了没有？

你不该要人家的东西……写至此

不由我热泪盈眶

辛丑九月既望，抄改旧诗兼怀勒·克莱齐奥先生。

齐叟　莫言

最是那一低头的温柔

勒·克莱齐奥在莫言高密老家

不清我們說話
只是哎哈地問：
喫了嗎？吃了嗎
你送我父一條圍巾
手感甚好
家圍着去開會
方知是名牌
脖子溫暖便想起
故鄉的寒冷
老父話面嘆寒
是家熱烈的歡迎
你站在騾圈東側
手扶着墻，右指向西
也許是悲傷，也
許是惆悵
我們說快包餃子

你大吼一聲
飛身上馬。一頭金
髮，滿天彩霞飛
騰空而出去，江心孤盡
去東南。你說
自那個夢見我的
孩子說話
時光如梭六十年過
我父親臨終前問我
那個法國人回來了
沒有？你不該要人家
的東西……寫到此，
不由我熱淚盈眶

辛丑九月既望，鈔
段舊詩，並憶
勒·克萊齊奧先生。
高密 莫言

最是那壹
低頭的溫柔
遙寄勒克
萊齊奥先生

你是身材高大的古
稀老人
到高密东北鄉來
看家父親
我家一樓矮
進門时你弯腰低頭
記者抓拍了這張
照片 題名為
最是那一低頭的溫柔
那天黄昏、蓮池

招待遠来的貴客
你脱下貂皮領子大衣
雙手托着送家父親
我父連々擺手
孩子似的躲到我身後
我接了貂皮大衣
并翻箱倒櫃、找出
一件長袍、民國的、
贈你、你披上身、、
亭々玉立、真像一位
五四时期的名士
這时一匹矯健的白馬
奔馳而來、鈴
聲叮噹、論
都清脆、西遊
是幽默的心部

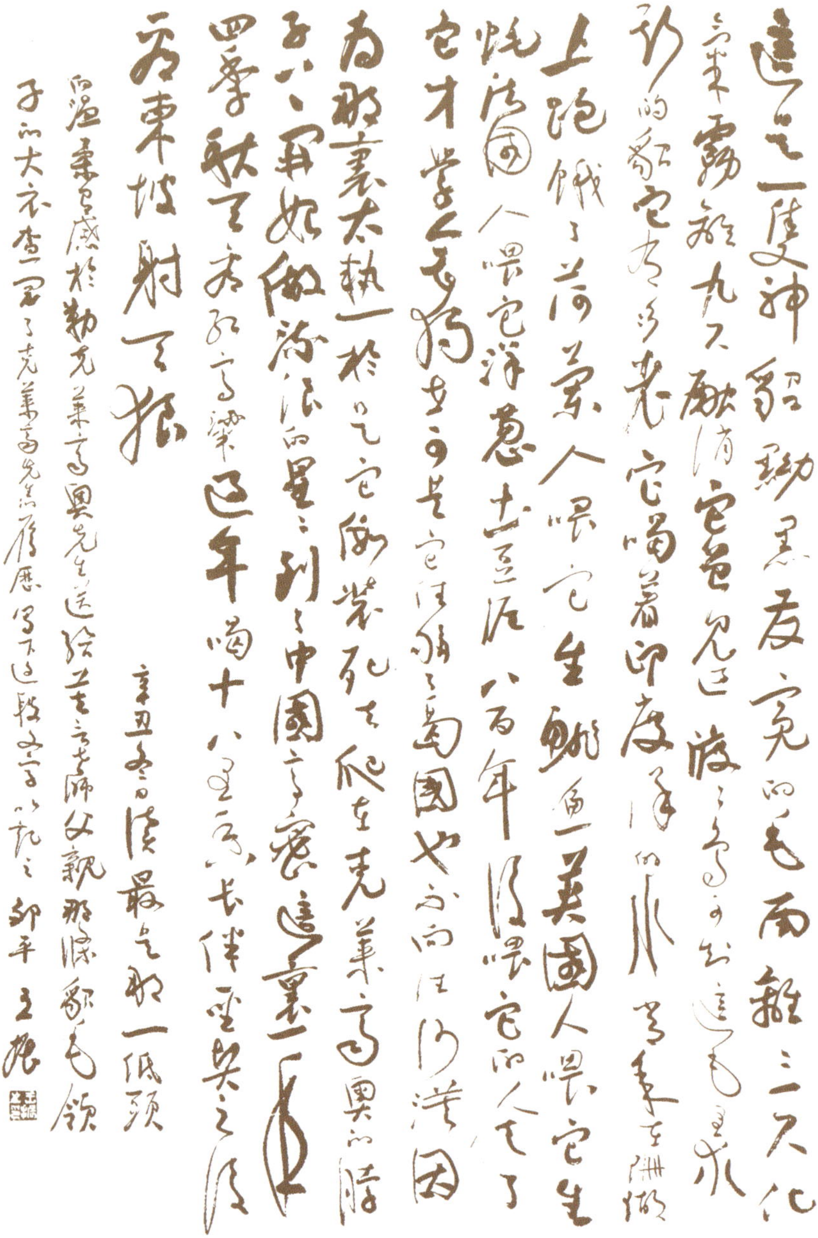

一只神貂

这是一只神貂，黝黑发亮的毛，雨离三尺化气，雪离九尺融消。

它曾见过渡渡鸟，可知这毛里求斯的貂，它有多老。它喝着印度洋的水，常年在珊瑚上跑。饿了，荷兰人喂它生鲱鱼，美国人喂它生蚝，法国人喂它洋葱土豆泥。八百年后，喂它的人走了，它才学会独立。可是，它住够了岛国，也不向往沙漠，因为那里太热。于是它假装死去，爬在克莱齐奥的脖子上，开始做流浪的星星。

到了中国高密，这里一年四季，秋天看红高粱，过年喝十八里香，长伴圣贤之后看东坡射天狼。

辛丑冬日，读《最是那一低头的温柔》，有感于勒·克莱齐奥先生送给莫言老师父亲那条貂毛领子的大衣。查阅了克莱齐奥先生的履历，写下这段文字以记之。

邹平　王振

小说高手　文豪故居

癸卯七月十日，吾去伦敦参观伟大小说家查尔斯·狄更斯故居。十一年前吾曾来参观，但当时正在维修，未能看上，甚觉遗憾，今日终于如愿以偿。

这栋古老的建筑看上去与北京上海的很多房子相似，走进去看更无特点，它的价值就在于狄更斯在这里边写了《匹克威克外传》与《雾都孤儿》。住进这栋房子时狄更斯只有廿五岁，如此年轻能住上这样的豪宅，说明他非常富裕。住着豪宅，吃着山珍海味，享受着贵族生活，但他的笔却一直在描述着底层人的生活，关注着小人物的命运，对劳苦大众寄予深深的同情，对社会的阴暗与为富不仁者给予深刻的揭露与批判。这看似矛盾的现象，正说明了文学创作的复杂性，正说明了善良、同情、正义等美德，并不会因为财富的增加或减少而消逝或生发。

如此豪宅，狄更斯只住了两年就搬走了，令我深感遗憾，他为什么要搬走呢？这就是研究狄更斯的专家们回答的问题了。据说，这栋房子一九二三年时险被拆除，成立于一九〇二年的国际狄更斯社团买下了产权并将其改造成了博物馆。至今已近百年，到此参观的人数当以千万计了吧。转眼八个月过去，翻看当时所拍照片回忆当时情景，一切都如在眼前。

甲辰四月一日，记于京华。
莫言

明人陆树声《清暑笔谈》记东坡轶事，甚为有趣。好作家都爱吃生蚝，古今中外，皆有例证也。

东坡在海南，食蚝而美，贻书叔党曰："无令中朝士大夫知，恐争谋南徙，以分此味。"使士大夫而乐南徙，则忌公者不令公此行矣。或谓东坡此言，以贤君子望人。

甲辰初夏

莫言

狄更斯名言警句二则

吃牡蛎时，总是会产生诗情画意。

狄更斯小说中人物所说的话

像牡蛎一样神秘，自给自足，而且孤独。

狄更斯关于牡蛎的警句

写诗是醉后爬树

——献给敬爱的特朗斯特罗姆

哦，特朗斯特罗姆
如果我敢说是你朋友等于自己找死
如果我说喜欢你的诗等于挖坑活埋自己
好东西人人喜欢
咱最好离远点儿
见了皇后叫大姑
呸！你也配！滚一边凉快去

哦，哦特朗斯特罗姆
你的名字像一串冰糖葫芦
“醒来是梦中跳伞”

写诗是酒后爬树
爬时浑身发痒
羽毛快速生长
爬上树梢变鸟
飞到宇宙深处
那里有左手琴谱

当那个被老陈醋烧坏心的秃头歌女
在雪地上裸体打滚时
当那个被五粮液灌得目光如鹫的女人
在学院前抖着翅膀撒泼时

当他们把欲望包装成理想时
当他们把谣言重复成真理时
当我孤掌难鸣有口莫辩时
特朗斯特罗姆说
这是一个很好的演讲，我喜欢

有一位瑞典画家为我画了一幅肖像
面孔是我身体是鹿
仿佛是次约定或者是个暗示
雪原茫茫，鹿蹄留下的踪迹
是最好的诗

你坐着轮椅
出现在大厅里
威仪胜过国王
人们争着与你照相
你不言不语
白发凌乱、目光忧伤
我站在你身后留影
这些都是真的

《七星曜我》是我写的一组诗。记述了我与七位作家诗人的交往与友谊。虽诗味淡薄，但感情真挚耳。今奉西班牙文译者之命，抄录一节，以示敬意。

辛丑九月望
莫言

我聽葫蘆
醒來是夢中逃傘
寫詩是深夜爬樹
爬時渾身發癢
羽毛快速生長
爬上樹梢變鳥
飛越宇宙深處
那裏有老牛琴譜
看那個披著陳醋
燒壞心的光頭歌女
在雪地裏裸體打滾時
看那個被五糧液灌倒
目光如鷲的女人

家好的詩
你坐著輪椅
出現在大廳裏
威儀勝過國王
人們爭著與你照相
你不言不語，白髮淩
亂，月光憂傷
我站在你身後留影
這些都是當年的
『青年醒來』是我寫的
一組詩。記述了我與七位作
家詩人的交情與友誼。
雖然淺薄，但感情
真摯可。今年
西班牙文譯者之命，抄
錄一段以示謝意。
辛丑九月 莫言

寫詩是醉後爬樹

獻給敬愛的
特朗斯特羅姆

哦，特朗斯特羅姆
如果我敢說是你朋友
等於自己找死
如果我說喜歡你的詩
我就抵抗活埋自己
好東西人人喜歡，咱
家好難要點兒
見了皇后叫大姑，嘛！
你也配！滾一邊涼快去

在學院前抖着翅
膀撒潑時 當他們把
彩紙包裝成理想時
當他們把語言重複成真
理時 當我把常識
嚼成口香糖時
特朗斯特羅姆說
這是一個很好的演講，
我喜歡
有一位瑞典畫家
為我畫了一幅肖像
面孔是我，身體是鹿
彷彿是迷了路
或者是個暗示，雪

那是一次旅行 在沉寂的曉暗裏 東方拔着西方星暗 背叛了星 一晴光的
精靈載着光的 穿過冰冷的海洋 在古老的草原上 公羊追逐
着母羊 拉着人的手 鞭撻喚醒了沉睡中的物質的 春天 森林
星星之旅 着星星之旅 火車的窗沿 沖破了雲層
的凍土 走過了泥腥的人 走進了長頸 一直延到天空 時光
覲見了神話 的 染紅了駝隊 那是一次心靈的旅行
如果給旅行設定一個目標 到了目的地 之後 只有
回程的 如 做一次沒有目的的旅行 那將是已知重複也
路與旅程 神秘與驚喜 給 春雨裏 也
長夜 走過了那 漫長 夏 悠有 走過一切 遠 夜 盡 披
說不盡的神話 着影光

辛丑九月淡秋於特朗斯特羅姆先生詩意 王琳

逐鹿

那是一次旅行，在沉寂的旷野，东方接着西方。黑暗背叛了黑暗，光明转载着光明。穿过冰冷的海洋，在高高的草原上，公鹿追踪着母鹿。牧羊人的马鞭，叫醒了沉睡中的黎明。春夏秋冬，星星绕着星星旅行。火车的气浪，冲破了千年的冻土，迷失沉睡的人在这里，长头一直磕到天空。时光塑造了神话，朝阳染红了驼铃，那是一次心灵的旅行。

如果给旅行设定一个目标，到了目的地之后，只有回程。不如做一次没有目的的旅行，那将不会重复，也没有归程。神秘与惊喜，险恶与腥风，长亭连短亭。那里有忧愁，有喜相逢，夜里披上锦衣，马蹄踏着歌声。

辛丑九月，读献给特朗斯特罗姆先生的诗有感。

王振

小说与戏剧

亲爱的同学们、老师们，首先我向你们表示真诚的歉意，这么大热的天，我们拥挤在这样一个实际上并不小的教室里，大家都挥汗，虽然没有如雨。刚才陈老师讲到芒种，芒种在我的知识里跟北方的小麦即将成熟有关系，南方人可能理解为水稻要插秧，我要再去查证下这种区别，可能由于地域的不同，人们对节气赋予的内容也不一样。地域，乃至性别，都能影响人们对事物的看法，背后包含了不同的思维方式。

我来北大不止一次了。但是我每来一次，都会想起三十年前，带我父亲来北京大学的经历。我父亲是一个地地道道的山东高密的农民，当年除了去淮海前线给解放军送过兵粮之外，都没离开过我们高密县。九十年代初，我带他来北京，我说你最想看什么地方？他说北京大学。我带他来了，在北京大学内转了好久，当然也转到了塞万提斯铜像下，当时那把剑还在塞万提斯的手里拄着，刚才我看到那个剑没了，不知道是被谁给弄去了。当然，没有剑的塞万提斯依然是塞万提斯，但没有笔的塞万提斯可能就不是塞万提斯了。所以剑与笔的关系也是文学的一个话题。

当时是个秋天，北大校园里面绿树葱葱，遍地都是绿草鲜花。看完了北大以后，我问父亲有什么感受，他感慨地说：北大这个地真肥啊！他说可惜光种草不种庄稼，肥沃的土地浪费了，草又不能吃。这是他发自内心的惋惜。当时我说我理解您的意思，等见到北大的领导跟他们说说这个意见，种点玉米、小麦。后来我父亲还说了一个比喻，这个比喻非常之生动。他说这么肥的地插上一根拐棍儿，四年以后也会长成一棵小树。一个人对一个地方、对一个事物的评价是跟他个人的经验有密切关系的，如果我父亲不是个老农民，而是个老工人，他来到北大就会说大房子可以改成车间、可以生产什么样的产品。如果是老师来到北大，就会感受到这是中国的最高学府。总而言之，我每次来北大都可以感受到一次洗礼，都会感觉到少了几分土气，添了几分文气、洋气，今天可能又多了几分人气、汗气。北大作为最高学府不是浪得虚名，北大125年的名声正是靠我们北大一届一届的学生累积起来的。

大家说大学必须有大师，大师培养学生。我想，从某种意义上说，大师也是学生培养出来的，没有学生难以成就大师。所以大师们应该反思并意识到，他们实际上也是被自己的学生培养出来的，自己的名声也是被学生抬起来的。这几年我也在北师大带了几位学生，在这个过程中，我意识到学生们给予我的比我给予学生的要多得多。他们对文学的理解，他们笔下那种蓬勃的、与当下生活的密切结合，实际上都是我所不具备的。这使我时刻告诫自己不要故步自封。所以读这些学生的作品，每次都能有些新鲜的感受。我们北师大写作中心的学生们确实非常优秀，欢迎同学们踊跃报考北师大。

谈到戏剧，这是我非常深的情结。当年跟陈晓明老师一道到莎士比亚的故乡，在莎士比亚的塑像前，我发誓要尽我的余生成为一个戏剧家。成为戏剧家的夙愿，首先是由于我从小热爱戏剧，在没读书之前，我先受到了戏剧的教育与熏陶。中国的大多数老百姓接受的历史教育、价值观的教育，实际上是来自戏剧的。因为退回去七八十年，那个时候农村认识字的人很少，大部分老百姓不具备阅读的能力，而且即便你有阅读的能力也没有书可以让你读。这个时候戏剧就承担了为老百姓普及历史知识、传递社会价值观念的道德任务。梁启超也说戏剧就是课堂，演员就是老百姓的老师。农村没有剧院，只有露天的土台子，集市上即兴的演出，实际上就是老百姓学习历史、培养所谓三观的地方。我当时是一个农村的小孩子，刚把能够借到的十几本书看完，骄傲地认为我的学问已经登天了，因为能借到的书都被我看过了。这个时候集市上说的长篇评书，乡村剧团的巡回演出，民间老人们随机的演唱，就变成了我劳动之余最好的文化教育。这种由于缺少而显得格外珍贵的教育，给我带来的收获比我现在去豪华剧场里看演出的收获要多得多。这种收获当时感受不到，过了许多年之后，当我走上文学之路拿起笔来开始写小说的时候，我才慢慢回忆起当年的场面，才意识到戏曲对于老百姓的业余文化生活的重要性。村子里很多不认识字的老人都能够大段大段地背诵戏文。我爷爷是一个老木匠，他一个字都不认识，但他能把他看过的几十出戏从头背到尾，而且对哪个地方应该敲锣打鼓，他都记得清清楚楚。我想戏剧带来的教益更促使我们反思，在当下我们是不是确实要读那么多的书？也许少些走马观花般的阅读，多些精读，效果会更好。当然这是我个人随机的想法，不是我向大家强行推销的观念。

正因为戏剧对我人生养成阶段所发挥的巨大作用，所以当我拿起笔来写作之后，我首先想写一个剧本。刚才陈老师讲我写的第一个剧本叫《结婚》，其实不叫《结婚》，叫《离婚》。它写在1978年，因为当时有一部话剧叫《于无声处》，是上海一位工人剧作家宗福先先生写的，当时轰动全国。我在单位的一个14英寸的黑白电视上看到这部话剧。因为我们单位的工作性质决定了它会不断发射强大的无线电信号施放干扰，因此画面扭曲跳跃，《于无声处》就只剩下声音了。我们听到了《于无声处》的台词，感觉到很震撼。我拿起笔来，实际上是在模仿，不是一般的模仿，是生吞活剥，我就写了这样一部剧本，设计了很多情节。我将这个剧本寄往很多出版社和刊物，自然都是退稿，附着一张铅印的退稿信。只有《解放军文艺》回了一封信，是用钢笔写的，说某某同志，你的话剧剧本收到，但是我们这个刊物容量有限，希望你投到剧院或者出版社去。我单位的教导员也是山东人，看了回信，一拍大腿，说，小伙子，厉害啊，竟然让《解放军文艺》给回信了。后来我调到保定，把这个稿子也带了过去，但每次整理箱子看到这个剧本，我就感觉一块伤疤被揭开了。过了一年后我重读了一遍，感觉这个剧本写得确实太差，也有一种想焚烧旧物、在烈火中重生这样凤凰涅槃的想法，所以点起一把火来，跑到营区后面的山沟里给烧了。烧的同时引燃了一沟的野草，野火春风斗古城！然后惊动了我们部队的人，以为后山起火了！几十个战士跑过来，一看我在烧稿子。这是当年我不好意思跟别人说的故事，今天跟大家分享一下。当然幸亏那会儿山上没有森林，如果这场火引发了森林火灾，我今天就没法儿坐在这里跟大家讲故事了。稿子虽然烧了，但我的戏剧之梦一直没有破灭，我想总有一天我会写成真正的话剧。但我后来一直在写小说。刚才曹老师讲，说他因我的获奖而高兴，这不仅是同行的高兴，也是老师的高兴。1984年到1986年，我在解放军艺术学院文学系读书，曹老师就是我们的授课老师，给我们讲授当代文学。曹老师用标准的苏北普通话在讲台上给我们朗读《战争与和平》的场面，我记忆犹新。一转眼快四十年了，我们这些当年的年轻人也都双鬓斑白，老人了。知老忘老！老夫聊发少年狂。

到了1996年的时候，我广州军区一个战友，著名的剧作家，后来写长征、抗美援朝题材的王树增先生，以及空政话剧团的导演王向明先生（他已经去世了），他们鼓励我，让我写话剧，写新编历史剧《霸王别姬》。我说这是个被无数人写过的故事，我们能写出多少新意呢？但最后我还是迎难而上，写成了一个我感觉还是有几分新意的话剧，后来2000年在人艺的小剧场里连演了40天，收获了比较好的评价。紧接着我又写了话剧《我们的荆轲》，这也是受王向明导演的邀请。当时西安话剧院的一个编剧编了一稿，王向明不太满意，希望我能给改一遍。后来我看了这个稿子，我说我不改，但是我可以给你重新写一遍。我们从北京饭店，往我住的平安里走，一路走一路聊。到了平安里我说行了，我有一个基本构思，我可以另行写这个话剧。七天之后，我打电话，我说你来拿剧本。他说什么？剧本提纲吗？我说写完了，你来吧。我确实七天把《我们的荆轲》写完了，后来我也反复修改，作出补充。先是在沈阳话剧团演了一版，几年以后北京人艺的任鸣导演重新把《我们的荆轲》搬上舞台。《我们的荆轲》就在北京演了多场，累计到现在差不多一百场。第一次四十场，后来每年都会拿出来演十场。这部戏在俄罗斯、德国都演出过。

本来我是计划再写一部历史剧的，后来是由于写小说就耽搁下来了，但是我的话剧梦一直很强烈。北京人艺的老院长张和平先生，他很执着，过一段时间就催一下我。去年春节，大年三十他还找到我，敦促我动笔，践行我和他的十年之约。去年的春节期间我写了，我说的“开笔香烧二月初”就是这个意思。写完了以后，人艺当时的院长任鸣先生看过后很感兴趣。他说这个话剧在他们人艺的历史上是一个另类，认为它既有人艺的现实主义的传统，也融进一些荒诞戏剧的特征，它应该是一部立足于现实的带着荒诞色彩的和象征主义的戏剧。他们本来计划今年的春节把它搬上首都舞台的，后来任鸣先生突然因病去世，戏就搁浅了。我说那就先出书吧。昨天在手机上我看到样书的照片，很漂亮。我没有特意为这个书做广告，但是这样一说也有广告的嫌疑了。大家读了我的很多小说，再读读我的话剧吧。心中有大舞台，比小说还精彩！

莫言

莫言在莎士比亚故居

水在河裏流河在岸裏
青峰在我心裏
我在河裏游鰐魚在我裡
我在我心裏鰐魚在河
裏河在我心裏我在鰐
魚肚子裏

癸卯二月初九日 莫言

鳄鱼

水在河里流
河在岸里走
岸在我心里
我在河里游
鳄鱼在水里
水在我心里
鳄鱼在河里
河在我心里
我在鳄鱼肚子里

癸卯二月初九日
莫言

肯尼亚马拉河黄金鳄

聂鲁达的铜像

从贝壳雕成的酒杯里
看见你年轻时的倒影
听你的情歌，识你的情人
想那些滚烫的岁月
寒流袭来
巨大的冰块里
有颤抖的玫瑰
云雀尸体
贝多芬的耳朵
肖邦的双手
玛丽莲·梦露的红唇

一个来自东方的女孩
在马丘·比丘高峰上
用汉语朗诵你的诗
驼羊的眼睛
为陌生的音节而亮
石头的城堡
嵌入古老的文字
组成华丽的篇章
在我的祖国
你曾经是传奇

你在中国旅行时

还没有我啊
但我仿佛为此而生
站在你的床边
想象你沉重的呼吸
和老年人的气味
烟草、酒精、磨损的牙齿
你床头的裸女见过
你的裸体
壁上的图画
窗外的茫茫大海
沙滩上的仙人掌
都如我梦中所见

没有白帆从海上来
但曾经来过，曾经
那个羚羊般的女人
明天也许就来，希望
如同一包晚到了六十年的礼物
液凝成晶，晶化为尘埃
大海是人民的，因此
鱼与盐也属于人民

革命让女人变成
革命的女人

革了男人命的女人
与被革了女人命的男人
聚在这里饮酒、写诗、恋爱

在这座黑色的岛上
黑色的别墅里
洋溢着革命气息
和爱情的黑色泡沫
只有这种地方
才能安顿你的，也是我的
嚣张的灵魂

玫瑰的花瓣泡在酒里
鱼在盘中战栗
我对你的烟斗与酒杯起誓
我会想你，想你的
鸭舌帽与硕大的鼻子
我猜想你是
歪着头接吻的情种
现在是半夜
京师学堂里悄无声息
窗外的鹊巢里
喜鹊在呓语
我用沾了清水的绒布

擦拭你的铜像
鼻子眼窝与耳轮
月光如水
送来美洲的孤独与记忆
弯腰时我听你冷笑
抬头时你面带微笑
仿佛我是铜像
而你是铸造铜像的匠人
不是我擦拭你的脸
而是你点燃我的心

庚子春，京师学堂只余一人。夜半时常与大厅中的聂鲁达铜像对话。忆起己亥春访问秘鲁、智利参观聂鲁达故居情景，遂作此类诗文字，抄供方家两哂。

辛丑寒露后二日
莫言

莫言与聂鲁达铜像

寒梅傲雪

虽说成熟意味着凋谢，

但成熟也意味着繁衍。

生命的车轮滚滚向前。

亭亭桦树林边，一跃而起，

两个老人，试图返老还童。

羊蹄山古雪洁白，太平洋朝霞灿烂。

汤泉沸腾，硫磺的香味嫩绿。

撑伞少女立在雪里

嗅盛开的红梅。

隔窗相望的少年，渴望着

散着梅香的新娘。年轻真好。

摇摇晃晃的吊桥上

曾伫立着白袍小将。

石碑上的历史，被青苔和鸟粪覆盖。

猛虎守着地狱谷，传说成为雕塑。

两个老人，在地狱口合影，

希望驾云飞升。

那晚风雪弥漫，人在露天风吕。

两个老人，赤身在雪地里打滚，
梦想成为诗人。
月亮出来时
汤池如铜镜，水色如墨。
万里之外，两砖高悬。
千年之前，诗人举杯。

辛丑冬日，寒风袭来，阴冷欲雪。想起了己亥冬在北海道考察，冰天雪地里泡温泉，那晚月光如洗。遂写下这些句子，以记当时情景。

邹平　王振

关传说出为雕塑
南阳老人至地狱口
句新郎地声飞
升起晚风霹雳
漫合露下风吕南
个也人来为至多地
裹打滚梦起来为
诗人月亮出来时
汤池如铜镜水
色如墨色黄黑之如画
砖石头平原之前
人来样

邹平 王振

聽說北鐵一一吃着烟
路但成熟也意味着繁
衍生而有車輪滾滾而來
南南梓樹林逕一望
而記南個男人試圖逼
老遠有筆滿以
古雪漂白太平洋的
雲霧深烟湯泉沸
櫻硫磺之氣味嫩撲
余少女立在雪之中而漠
春蘭而紅梅傷宗和
金而少年渴望着新
着梅花而新娘年
輕盈之好擔擔晃晃而帛
橋之邊佇立着白袍小僧
石碑上而歷史模青

希腊阿波罗神庙的肚脐石

高山小镇 世界肚脐

阿拉霍瓦小镇，坐落在帕尔纳索斯山口，距德尔斐历史文化遗址十二公里。遗址主要由阿波罗神庙、雅典娜神庙、剧场、运动场等构成。古希腊人认为这里是世界中心，地球的肚脐。

传说宙斯为了确定世界中心，便从地球的南北两极放飞了两只雄鹰，让它们以同样的速度相向而飞，最后两只鹰相会于德尔斐，宙斯由此判定这里就是地球的中心，并放置了一块圆形的石头作为标志。这块神奇的石头现在陈列在德尔斐博物馆里，而神庙前露天摆放着那块黑色的圆锥形石头，只是一块象征性的仿品。

在阿波罗神庙前的石壁上，铭刻着古希腊先哲们留给后人的三句箴言：一，认识你自己。二，凡事勿过度。三，承诺会带来痛苦。

这三句话通俗易懂，但真正能做到的，天下又有几人。

甲辰六月十五日

莫言

瓷盘与烟斗

整理柜子时发现了德国大作家君特·格拉斯先生赠送给我的一个瓷盘，十分高兴。我记得这件珍贵的礼物，但去年找了好多次均未找到。我知道它一定躲在某个地方，等待我不经意时突然发现它。果然是这样啊。睹物思人，感慨万千。

其实我与先生从未见过面，曾有过两次见面的机会，但都令人遗憾地错过了。先生长我二十八岁，是真正的前辈。他的诗歌《睡梦中的百合》在竞赛中获奖那年我刚刚出生。我是在军艺文学系读书时，看了根据他的同名小说改编的电影《铁皮鼓》，深受震撼。后来又读了他的中篇小说《猫与鼠》，觉悟到战争文学真应着力描写的其实不是炮火连天的战争场面和过程，而是在这种特殊环境下人的命运和被扭曲的心灵。

我曾经写过一篇题为《格拉斯大叔，你好》的短文，表达我对这位伟大作家的敬意。听朋友说，格拉斯先生读过我小说的德文版，并向我转致问候，这来自远方的前辈的问候让我十分感动。后来我读了他的在欧美引起轩然大波的《剥洋葱》，对他的坦诚和巨大的勇气深为敬佩。他当过党卫军的事其实可以不说，不说也没人知道，但他说了，招来那么多人骂他，但我对他更加敬佩和同情。他那时只是个十几岁的孩子，一个中学生，被裹挟进战争的洪流，按说他也是一个受害者，但那些抢占了道德高地的人不放过他，必欲置之于死地而后快。

身处历史中与评判历史完全不是一回事，就像在激流中挣扎与站在岸上评判泳姿不是一回事一样。

这个瓷盘，据懂者说是德国陶瓷工艺大师的作品，盘底上有格拉斯先生的亲笔签名和一行蓝色的中文：献给我的老朋友莫言。

二〇一三年春天，即将离任的德国驻华大使施明贤先生请我与作协的几位领导吃饭时，将这件珍贵礼物转交予我，并说格拉斯先生期待着与我在德国见面。但两年之后，正在我计划去德访问时，却传来了先生仙逝的消息。我后悔未能早一点去德国见他，我为他准备的一个很漂亮的烟斗也无法送他了。

莫言

瓷盘与烟斗

格拉斯大叔的瓷盘

——怀念君特·格拉斯先生

我不愿想象你被俘虏的时光
我经常梦到你当石匠时的模样
你蹲在工场为死者雕凿墓碑
锤子凿子，叮叮当当
石片飞溅，目光荒凉
爷爷提醒过我：看狗拉屎也不看
打石头的
我想你那时也买不起墨镜
我少年时当过三个月铁匠学徒
而桥梁工地上的铁匠
是为石匠服务的
石匠每天上班时都喊
为人民服务
这段经历使我们距离拉近
仿佛一个村的邻居
当时我幻想着能尽快长出发达的肌肉
能挥舞着铁锤打铁
不受邻村那个瘌瘌头欺负
为此我烧吃了一只刺猬
结果伤了肠胃

我把打铁的经历写进小说
《透明的红萝卜》
我在《铁皮鼓》里发现了
凿石碑的你
好的小说里总是有
作家的童年
读者的童年

期望我的尖叫
能让碎玻璃复原
在一个黄昏我进入
一个动乱后的城市
我流着眼泪尖叫
所有的玻璃飞起
回到了原来的位置
像饥饿的蜜蜂归巢
不留半点痕迹
有一个调皮的少年
踩着玻璃碎屑不放
玻璃穿透了他的脚掌和鞋子

伤口很大但瞬间平复
没有一丝血迹
朱老师的眼镜片

从三十里外的车厢里
从路边的阴沟里
飞来与他的镜框团圆

我幻想着能在德国见到你
一九七九年在故宫门口遇到的是你吗
上衣右肘缝着一块红色的胶皮
上衣左肘缝着一块红色的胶皮
我在柏林的大街上喊叫
格拉斯大叔，你好——
街上的行人都回头看我
一个虎背熊腰的警察
手按枪柄，仿佛随时准备射击
二〇一三年你送我一个瓷盘
纯手工制造，每件都是唯一
瓷盘上绘有诗人
海因里希·冯·克莱斯特的头像
还有你的亲笔签名
我答应了来年去看你
并为你准备了一个花梨木的烟斗

读你的书，也是一种见面
一个铁匠学徒和一个
青年石匠的见面

天空蓝得炫目
铁皮鼓声阵阵
民间音乐频频

我侄子工作了三十年的钢铁厂
昨天关闭了
我说你可以去打铁
打马蹄铁
现在，养马的人都是富翁
你也可以去凿石
有钱人想把自己的名字
刻在石头上
更有甚者
想把泰山
作为自己的印章

莫言

莫言在马哈福兹咖啡馆手书

开罗手记

一九八八年十月，埃及伟大作家纳吉布·马哈福兹荣获诺贝尔文学奖，不久后，他的著名小说“开罗三部曲”即被译成中文。我认真阅读了他的小说，深有感受，倍受鼓舞。通过他的作品，我领悟到，一个作家，无论他有多大才华都应寻找一块立足之地。这块立足之地就是他最熟悉的故乡。

其时，我的文学故乡高密东北乡已经初具规模，马哈福兹的成功，坚定了我的信心，于是在写故乡的道路上一意孤行，终于基本完成了文学故乡的构建，将高密东北乡安置在世界文学的版图之上。

事隔三十五年，时逢初秋，我终于来到开罗旧城区，找到马哈福兹当年常来喝咖啡写作的咖啡馆，并坐在了他当年常坐的座位上，观看着古老的设备与墙上他与友人们的合影，我不由浮想联翩，于是索来纸笔，不避谫陋，当众挥毫，书写随想，虽文浅字丑，然致敬长者之意诚哉。正是：

法老早已成文史，
今人观望睹神灵。
东方日出西方落，
多少奇迹画图中。

癸卯七月一日，记于开罗老城马哈福兹咖啡馆。
莫言

[illegible]

尋路而來到開羅老城區，找到馬哈福茲當年常來喝咖啡寫作的咖啡館，並坐上了他當年常坐的座位上，觀看著古舊的陳設，憶當年他與友人們的身影，忽不由浮想聯翩，於是索來紙筆，不避簡陋，當眾揮毫，書寫隨想。雖文字醜，但致敬先賢之意真誠。正是：法老早已成文史，人人觀望曉神靈。東方日出西方落，多少奇蹟畫圖中。

癸卯七月一日記於開羅老城馬哈福茲咖啡館

莫言

開羅手記

一九八八年十月，埃及伟大作家纳吉布·马哈福兹荣获诺贝尔文学奖，不久后，他的著名小说开罗三部曲也已被译成中文。我急忙买读了他的小说，深为我爱，倍受鼓舞——。通过他的作品，我领悟到：一個作家，无论他有多大本事，都应寻找一块立足之地。这块立足之地就是他最熟悉的故乡。那时，我的文学故鄉——高密东北乡已经初具规模，马哈福兹的成功，坚定了我的信心，於是在高密的这块土地上一直耕耘，终于基本完成了文学故乡。 莫言

賀新郎 遥寄大江先生

有老翁孤獨，向深山林泉，回過去影，前哭人童子愁容。

消許一，雜染人生要

居示堪悼當年稿，積信言，讀芸禁忌趣，良時頓悟新棋局，下穴至能卜先生風。藏如松菊，為和平，横冊筆陣，嘆求榮高仁堂，萬怪煙紅燭文字十

秋珠玉，莫能忘，紫高鏡，旭荒含行程岩國首，飛枯河思小时游游雲起處追鴻鵠。

和學填詞，贈邵林心兄正句

辛丑六月 某言

云起处 追鸿鹄

贺新郎·遥寄大江先生

智者多孤独。向深山、林泉问遍，长歌当哭。童子愁容滔滔诉，难尽人生委屈。不堪忆、当年初犊。信口言谈无禁忌，拜良师，顿悟新棋局。天下事，谁能卜。

先生风节如松菊。为和平、横开笔阵，笑看荣辱。仁爱萦怀燃红烛，文字千秋珠玉。莫能忘、登高观旭。荒舍行程常回首，看枯河，思小时游浴。云起处，追鸿鹄。

初学填词谢邵林乡兄正句

辛丑六月

莫言

莫言与大江健三郎

敬录《从森林里走出来的孩子——写给大江健三郎先生》

辛丑荷月于观鹊台

王振

从森林里走出来的孩子（片段）

——写给大江健三郎先生

你是大森林里走出来的孩子
最知道木材的珍贵
你是树的知音鸟的知己
你看到了最危险的即将发生的事
你说山洪将要暴发
有人骂：你这骗子
你说森林将要起火
有人骂：你这傻子

我相信你说的都是真的
每棵树都知道你的苦心
每只鸟都明白你的提示
大多数人也终会觉悟
在遥远的将来人们会说
那时候，有一个先知
预示了灾难
但人们都把他当成了疯子

莫言

忆领万海文学奖

辛卯七月，吾喜获韩国万海文化大奖时，正在故乡。遂由青岛乘机至首尔，再由首尔乘车至江原道麟蹄郡百潭寺，该寺即是万海大师出家与修行及圆寂之处。

万海大师是宗教改革家，他倡导僧人应关心国家民族命运，积极参与社会生活。他率先垂范发起争取民族权益，摆脱日本殖民统治的独立运动，并因此入狱三年。出狱后，他初心不改，积极宣传独立思想并著书写作，韩国文学史上著名诗篇《沉默的你》即于此时写出。此诗看似写给一青年女子的爱情篇章，实则寄托着作者炽烈的爱国情怀。大师精通汉语，能作汉诗。书法古朴苍劲，有磊落峭峻之豪气。

莫言与万海大师青铜雕像合影

该地有为其新建之纪念馆，装修简朴，如同无装修一样。馆内陈列大师墨迹多件及韩国著名书画家之作品。馆外草坪上有一尊大师的青铜雕像，像边有木槿一株，开花数朵，气韵生动。吾在此留影数帧，以资纪念。倏忽十年过去，想那雕像右侧之木槿已经长大了许多了吧！ 而那年出生的孩子已经是五年级的学生了。

麟蹄百潭寺，奇僧韩龙云。
上马杀贼寇，坐堂著檄文。
身陷日人狱，不改救国心。
写诗寄大爱，落墨见高襟。
法号名万海，呼啸如奔雷。
苦修居寒室，独行意徘徊。
人民无自由，大师百事哀。
舍身能报国，何畏骨成灰。
铜像灵光闪，木槿花盛开。
留影示敬意，何日吾再来。

辛丑冬初，书于京城红领巾公园北。
齐叟　莫言

民族命運和……

參與社會生活他

就先重範發起爭

取民族權益擺脫

日本殖民統治的獨

立運動并因此入獄

三年出獄後他仍

心不改積極宣傳獨

立思想并著書寫

作韓國文學史以著

名詩篇「沉默的你」

而我此時寫出此詩

我似寫給一青年

他的銅……

公有一尊大師的青

銅雕像像旁有木

槿一株開花數朵

氣韻生動吾至此

留影數幀以誌

紀念倏忽十年

過去我那雕像

左側之木槿已經

長大了許多了吧

而那年出生的孩子

已經是五年級

的學生了

……

自由大詩百年哀

捨身能救國河

畏骨成灰銅像

靈光閃木槿花

盛開為影示

歡熹何日吾再來

辛丑冬初

書於京城和

領巾公園內

高密莫言

辛卯七月吾友權
韓國萬海文化大
獎时書法赴北京
由青島來探望看
尔再由首尔乘车至
江原道麟蹄郡
百潭寺該寺即是
萬海大师出家与
修行
及圓寂之處
萬海大師是宗教
改革家也倡導
[illegible]

無聊愛情為主
實則寄托着他忠誠
至死的愛國情懷
大師精通漢語
能作漢詩書法
古樸蒼勁有力
蒼峭峻之氣
氣該地有新
建之紀念館裝修
簡樸我們參觀修
了該館內陳列大
師墨跡多件及韓
[illegible]

麟蹄——百
潭寺寺僧韓
龍雲公為毅然
獻身著檄文
方陷日人獄不改
救國心寫詩寄
大愛蒼黑見
高標流詩
名著海呼喝
[illegible]
[illegible]

俄底浦斯猜稱王
弒父娶母罪無疆
自戕雙目不再君
悲歌唱斷千古殤

讀索福克勒斯悲劇俄底浦斯王得句
因人名所限不計平仄
莫言

希臘西北小佛寺
扮裝俄底浦斯王
大凶大喜由人古
詛咒生出夢一場

今讀俄底浦斯王詩想起得句奉和
憶在西北扮裝為之
王蒙

读剧赋诗

俄底浦斯王

俄底浦斯缓称王，杀父娶母罪无疆。
自残双目不再看，悲歌唱断古今肠。

读古希腊索福克勒斯悲剧《俄底浦斯王》得句。因人名所限不计平仄。

莫言

读《俄底浦斯王》有感

我在西山卧佛寺，
扮装俄底浦斯王。
大悲大喜空今古，
诅咒成真梦一场。

今读《俄底浦斯王》诗，想起多年前曾在西山扮装遂得句。

王振

高人颂

《我们的荆轲——高人颂》话剧片段

高人啊，高人，你说过今天会来，执我之手，伴我同行，点破我的痴迷，使我成为一个真正的人。高人啊，我心中的神，理智的象征，智慧的化身，自从你走后，我食不甘味，寝不安席，回首来路，污泥浊水，遥望前程，遍布荆榛。茫茫人世，芸芸众生，或为营利，或为谋名。

难道这就是人生的意义吗？难道这就是生活的真谛吗？是的，如果我将这场戏演完了，我必须将这场戏演完，为你们这些可敬的看客！我知道史官会让我名垂青史，后人会将我奉为英雄。但名垂青史又怎样？奉为英雄又有什么用？可怕的是在这场戏尚未开演之前，我已经厌恶了我扮演的角色，我半生为之奋斗的东西，突然变得比鸿毛还轻。

高人啊高人，你为何要将我从梦中唤醒？我醒来，又似乎没醒，似乎明白了，又好像更糊涂，我期待着你引领我走出黑暗，但在这黑暗与光明的交界处，你却扔下我飘然而去，仿佛化为一缕清风。我本来可以随你而去，但临行时却突然失去了勇气。我用自己的手杀死了这个超越自我的机会，我的手不受我的心控制。

我梦到你让我在这古老的渡口等你，等你渡我到彼岸，但河上只有愈来愈浓的雾，却见不到你的身影。眼前是众人暧昧的面孔，耳闻着好汉们的嗤笑讥讽，羲和的龙车隆隆西去，易水的浊浪滚滚东行，却为何听不到天河桨声？你会来吗？你还来吗？我知道你不来了，我不配让你来，我不敢让你来，你要真来了，我怎敢正视你的眼睛？我的孤魂在高空飘荡，盼望着一场奇遇，到处都是你的气味，但哪里去找你的踪影？

我在星空，低眉垂首，俯瞰大地，高山如泥丸，大河如素练，马如甲虫，人如蛆虫，我看到了那个名叫荆轲的小人，收拾起他的行囊，带上他的随从，登上西去秦国的破船，去完成他庄严的使命。

辛丑冬，去易水河荆轲塔参观，发思古之幽情，想起拙著话剧《我们的荆轲》，抄录其中片段以敬先贤。

辛丑大雪

莫言

我為謀名難道
這就是人生的意義
嗎 難道這就是生活
的真諦……嗚
是的 如果我將這場
戲演完了 就必
須將這場戲演完 為
你們這些可敬的
看客 就也為這史
官筆 讓我名垂千古
史後人會將我稱
為英雄 但名垂青
史又怎樣 秦王為
英雄又為什麼 用
可悲的是這場戲

化為一張清風
我本來可以隨你
而去 但臨行時卻
受人之托 去了 燕豪
我用自己的手殺
死了這個超越自我的
樣 會我的手不是我
的思想 我夢殺你
讓我生這可我的渡寸
你等你沒我到彼岸
但河水只永遠 悠漾
的霧 看不到
你的方向 眼前是
眾人曖昧的面孔
耳中 着好漢們

低眉垂手俯瞰大地
看如流水大河為素
孫馬如甲 燕人
都埋史家寫進了那
個名叫荊軻的小
人收拾起他的行
囊帶——以他
的隱忍堅強而去
秦國的破船去完
成他莊嚴的使命

辛丑冬去易水河荊軻
塔參觀燕里古之遊
情 想起拙著話劇
我們的荊軻 錄其中
片段以敘悽懷矣

辛丑大雪 莫言

高人頌

高人啊 高人 你說過
人人會來 執我之手
伴我同行 迷
破我的迷途 我
成為一個慈心的人
高人啊 我心中的神
理智的象徵 智慧
的化身 自從你走後
我食不甘味 寢不安
席 回首
來路 污泥濁水
逸塵前程遍布

嘗盡世俗之苦的我
已經厭惡了我於
頹的命運 我半生虔
之爭鬥的東西虛實
狂妄 行此路也
道路 高人啊 高人你
為何要將我從夢
中 喚醒 我醒
來了 似乎 沒醒 啊
手 明白了 又好像手
撇途我只得看著你
別 頭
我走出黑暗
但是這黑暗與光明

的死嘆 譏諷 義
和的龍 去 隆雨
去易 水的滔浪
滾滾東流
御為何 物不到 一 分
祭起 像會來
叫你還未叫 我的
道你不來了 我不配
讓你來 我不敢讓
你來 你真來了
我怎敢正視你的眼
睛 我的靈魂在高空
飄蕩的望著 一場空
過 我更是你的

卜算子·慕荆轲

壮士风秋风，易水寒携遗人，匕首名万世代代。长虹贯荆塔，指向天燕塔，风萧萧，碑一剑封喉。留千载，字字英雄泪。

辛丑年春过河北易水，参观荆轲塔、燕子塔，回京得成卜算子小令赋之。士郭千 王振

卜算子·祭荆轲

壮士唱秋风，易水奔腾逝。人过留名万世知，代代长空祭。

荆塔指向天，燕塔风铃碎。一剑封喉两千年，字字英雄泪。

辛丑冬日赴河北易水参观荆轲塔、燕子塔。回京后填《卜算子》以祭义士。

邹平　王振

《红高粱家族》剧照

金陵观剧

壬寅七夕之夜，余在南京江苏大剧院观话剧《红高粱家族》，此剧系根据余之同名小说改编。该作始创于三十七年前，是时余正在原解放军艺术学院文学系学习，年方三旬，血气方刚，意气风发，天马行空，狂傲不羁，故有此不循旧规敢创新体之作也。弹指之间，吾已年近古稀，庸俗平淡，毫无锐气，形若朽木矣！呜声渐悲，知我者谁人？今夜观舞台上铿锵昂扬之表演，感天动地之故事，几疑此非余之作也。

《红高粱》乃时代之产物，传达的亦系时代之精神。想当初百花齐放，百家争鸣，思想文化界呈现出前所未有之活跃景象，至今思之犹感心旷神怡，有拍案浮白之慨也。与之相匹的就是艺术界诸多佳作如雨后春笋般涌现出来，余之拙作亦即此时之成果也。

时隔三十七载，江苏大剧院以话剧形式将之再次呈现，不能不令余感慨万端也。该作表现的是中华民族强大顽强的生命力与不屈不挠的斗争精神，表现的是人追求自由幸福，而敢与一切黑暗势力抗争，宁为玉碎不作瓦全的节操。虽因时代局限，剧中人物的某些行为显然已不符当今社会的道德价值标准，但我们不应该脱离时代环境而苛求古人，这是我作为原作者应该向当今的年轻观众和读者特别说明的。

余虽垂老，夕阳余晖所照弗远矣，但将拼余力造霞西山，映照秋林，然后即可远行也。壬寅七月九日记于金陵，匆匆草此，识者谅我。

莫言

[illegible]
成果也。时隔三十七载，江苏大剧院约请剧
形式，[illegible]
[illegible]也。该作表现的是普通民族强大
顽强的生命力与[illegible]的[illegible]精神
表现的是人追求自由幸福，敢与一切黑暗
势力抗争，宁为玉碎，不作瓦全的不屈不挠
虽因时代局限，剧中人物的[illegible]行为与[illegible]
然已不符当今社会的道德伦理标准，但
我们不应脱离时代环境而苛求于古人
这正是我作为原作者，在该剧向当今的
轻年观众和读者特别说明的
余虽垂垂老矣，夕阳余晖而照耀远方，但仍
[illegible]
[illegible]也

壬寅七月九日记于金陵 [illegible]

壬寅七夕之夜余在南京江苏大剧院观
话剧《红高粱家族》此剧系根据余之同名小说
改编该作始创于三十七年前是时余正在原
解放军艺术学院文学系学习年方三
旬血气方刚意气风发下笔行如狂飙
不顾体技巧此不循成规敢创新谓之作
也　弹指之间已三十五年近古稀
然平淡矣无锐气形若秋木平气静
谢飞知名老演人之精致观华一营
众锐鹏昂扬之表演我为感动他之技艺
艺术精湛非余之能也红高粱乃时代之
产物传达的亦保时代之精神
初有名家放下家之于心四　里程文化界
呈现出奇所未能之活跃景象至今思之犹

云追月，
月追人

九龙皇帝 涂鸦大师

前不久到香港出差，朋友带我到旺角东站花墟道一座桥下，观赏生前曾一度大名鼎鼎的“九龙皇帝”曾灶财的据说是唯一留存下来的一幅墨迹。

曾灶财祖籍广东，上世纪中，为避战乱投奔香港舅舅家，卖苦力维生，后受伤致残。港英政府改造贫民窟时，曾灶财所居房屋亦在拆迁之列。整理家中旧物时，他发现了一本《曾氏族谱》，族谱记载他的祖先曾在周朝时当过高官，九龙地方是御赐给他祖先的食邑，这一发现在他心中激起了巨大的波澜。他认为自己才是这片土地的真正的主人，而港英政府是后来的掠夺者。

他多次向当局提出权利诉求，得到的自然是冷遇与嘲笑。他不服气，便选择了街头涂鸦的方式向公众宣示他对这片土地的权利。他将族谱中的内容以及他个人与家庭的经历，再加上他的幻觉与梦想，以他的那种标志性的字体，书写在九龙地区的墙壁、灯柱以及适合书写的地方。

他的书写行为一直持续了半个多世纪，刚开始人们反对他、举报他，警察训斥他、拘留他，但只要放了他，他就会提着墨桶上街。政府不得不雇请专人用油漆覆盖他的墨迹。而覆盖后的墙壁或廊柱更激发了他的书写欲望，渐渐地，人们习惯了他、接受了他，他的书写成为了行为艺术，成为了文化现象。

时间与执着的坚持，改变了人们对他的看法，厌恶变成了尊敬，嘲弄变成了同情，人们渐渐地意识到，这个看似癫狂的小人物迹近荒唐的行为，似乎具有某种深刻的象征意味。这行为与历史记忆、殖民统治、家族传承、个性自由、底层文化等都有着某种关联，他并没给社会制造太多麻烦，但却给人们带来了乐趣，丰富了底层人民的文化生活。

在媒体的推波助澜下，“九龙皇帝”的名号愈来愈响亮，一位著名服装设计师将他的字迹印在时装上，一时大为流行。二〇〇三年他的一幅作品代表香港参加了威尼斯双年展，后来又有他的作品在拍卖会上被高价拍出。二〇〇七年夏，“九龙皇帝”驾崩，他的生平事迹引发广泛讨论，人们以更加严肃的态度来思考这个小人物看似荒诞然而又颇为庄严的一生。香港的文化史上也许会为他留下浓墨重彩的一笔。他死之后，在有识之士的呼吁下，香港特区政府对曾灶财留下的墨迹予以保护，但为时略晚，他的墨迹，已留存无几。

我仔细研究了他的字，单独来看，确实比较粗陋，但作为整体，却具有特殊的气象与韵味。

甲辰七月一日

莫言

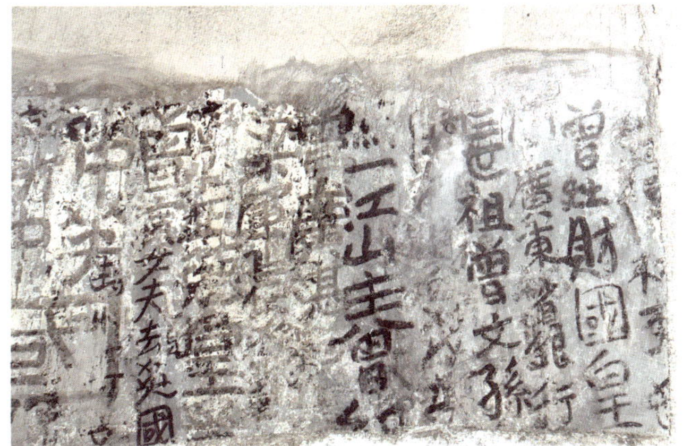

“九龙皇帝”手迹

鬼哭雨粟 石破天惊

辛丑冬月将尽时，游仓颉陵，陵在豫省南乐县吴村东。天下仓颉纪念地甚多，此地有多部古典文献证明，故信者亦众也。思文明初创之时，天下应有众多人参与了造字运动，而仓颉当是一集大成者。文字的发明是人类历史上开天辟地般的伟大事件，故仓颉被神化也是题中应有之义也。如车神奚仲、笔神蒙恬、蚕神嫘祖、百匠之祖鲁班……莫不如是也。

用造神的方式纪念祖先和祖先的伟大业绩，是人类历史上的普遍现象。历史缘于传说，传说就是传奇，传奇就是神化，这种现象现在依然存在，将来也不会绝迹。这种现象符合人类心理，很难用好与坏来衡量。

我们来时，陵园内空无一人，寒风凛冽，草木凋零，一派肃杀景象。登上造字高台迎风送目，见平野旷远、村庄毗连，十万年黄土、八千里黄河，正是我华夏文明发祥之地也。思至此不由心生慷慨之情，抒发肺腑之声。苍天啊！ 大地啊！ 我们来也。

拜谒仓颉陵记

拜谒仓颉陵，寒风透衣襟。
亭阁肃然立，空旷无游人。
绕陵三匝转，敬仰一片心。
高台送远目，长歌招游魂。
先贤造字处，灵气贯彩云。
文神生四目，万物可追寻。
兽踪与鸟迹，云影并波痕。
融汇成一体，雷霆响万钧。
天降五色粟，鬼哭发悲音。
文明纪元始，文野从此分。
悔我年已迟，难栽智慧根。
夜游秉微烛，犹胜双眼昏。
再识三百字，开启方便门。
得暇重来拜，香花谢深恩。
随笔写俚句，祈愿天耳闻。

辛丑腊月初六日凌晨信笔书此，供方家两哂之。

山东　莫言

這種現象現在依然
存在將來也不會絕迹
這種現象能符合人
類心理很難用好与
壞來衡量
我們來時候園內
只有一人寒風凛冽
草木凋零一派肅殺景
象 登上這座高塔
臨風遠眺是平野
曠遠村莊[illegible] 十幾
年黄土八千里黄河
正是孕育華夏
文明發祥之地也
思至此不由心生慷
慨之情抒發肺
腑之聲
蒼天啊大地啊
我們來也

[illegible]文[illegible]此分
悟我們來已遲
難載智慧根植
這裏[illegible]
[illegible]再現三百
字[illegible]方便
[illegible]重來[illegible]
[illegible]深恩隨
筆[illegible]句新
[illegible]之自也

辛丑臘月初六日凌
晨信筆書此 供
方家哂之
山東 莫言

辛丑冬月将参时
游仓颉陵之在豫
南乐县吴村有仓
颉纪念地甚多此地有
多部古典文献记载故
信者亦众也思文字初
创之时应有众多
人参与了造字运动
而仓颉若是一集大成
者文字的发明是人
类历史上开天辟地般
的伟大事件故
仓颉被神化也是题
中应有之义也如东
神农伏羲华神燕
恰蚕神嫘祖百匠
之祖鲁班莫不如
是也用造神
的方式纪念祖先和
祖先的伟大业绩是
人类历史上的普遍

拜谒仓颉陵寝
风还参禅高冈
肃然立大碑览
人称陵三座精
彩似一片心高
庵迷远目长影招
遥见先民造字象
云之里贯珠云文
神　生
四目万物可追思献
说与为适云影
波痕融汇其一体
雷霆如青苍钧

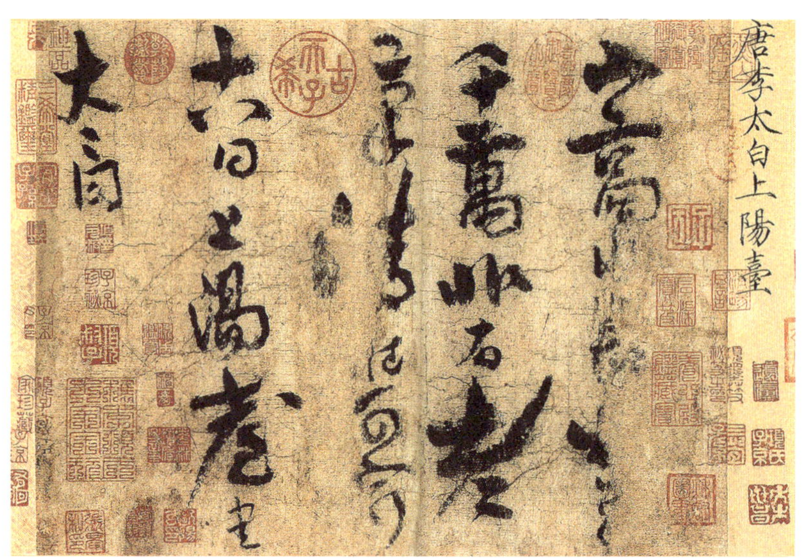

李白《上阳台帖》

读帖

友人赠吾高仿李太白《上阳台帖》、颜真卿《争座位帖》以及武则天时代汇集王羲之一门书翰的《万岁通天帖》。此三帖吾曾在电脑上观赏过多次，但似这样将高仿纸本放置案头，反复摩挲把玩的经验还从未有过，所以感受丰富，收获良多，也就是必然的了。

读这三帖的第一感受是，古人惜纸墨如金。所谓价值连城的千古名帖，其实不过是几个巴掌大的一片纸，纸上有几行墨迹斑驳的字和后代收藏者及观赏者所题赞辞与加盖的大大小小的图章。想到今日的书法家们，动辄在数百尺的巨纸上持拖把般巨笔肆意挥洒，实在有暴殄天物之嫌也。

第二个感受是，古人所留字帖几乎都是因事而作，与所谓书法毫无关系也。一封封信函文稿，长者不过千言，短者寥寥数语，完全是忘却书写，只在述事抒情的得鱼忘筌状态，一切出乎自然，一切发乎情理。而所谓书法，则是他们久经训练之后的下意识产物也。今之书法环境大变，要完全如先贤那样写作显然已不可能，但我们尽量地追求自然，反对矫作，则是完全可以的。

第三个感受是，我们的先人敬惜字纸的传统是文化传承、文物保护的基础。这些字帖能历经千百年无数次劫难而存世，的确是奇迹。想起“破四旧”时代，孩童时代的我们主动回家焚烧所谓的“四旧”，只能喟然长叹。祈愿这样的事情再也不要发生了。

读帖如同与古人对话，此言不谬也。

壬寅八月十一日匆匆

莫言

山高水長物象
千萬非有老
筆清壯何窮
壬寅中秋寫
氣象之心境寬遠
逸望生風雲
臨李白上陽臺帖
乃思變 莫言

意临李白《上阳台帖》

山高水长，
物象千万，
非有老笔，
清壮何穷。

壬寅中秋，天高气爽，心境穹远，遥望王屋山，意临太白《上阳台帖》。

愚叟　莫言

中元稱鬼節
萬家放河燈
陰陽分異域生
死若蒸騰
昇為化氣體落
地變物形請心
超然無塵月光白
似冰

庚子中元節書
打油詩於故鄉南
山茅庵
莫言

望月思先辈

中元称鬼节，
万家放河灯。
阴阳分异域，
生死若蒸凝。
升空化气体，
落地变物形。
请上超然台，
月光白似冰。

庚子中元节书打油诗于故乡南山草庐
莫言

登超然台记

今日得了夙愿，登上诸城超然台。据传，此台是苏东坡牧密州时所造，然亦有人说原来就有，苏公不过是在旧台基础上略加改造而已。然超然台能成天下胜景，实因东坡在此吟风拜月，饮酒赋诗，得千古名句，成绝代华章，遂使一砖木建筑藉文学而名天下，亦令东武僻地因名流而成圣境。若无东坡，超然何在？诗文泯灭，谁知诸城？千百年来此地群英荟萃，名家辈出，正是苏公文脉之延续。以一人之力影响地方风气千年者唯东坡一人也。正是：

登上超然台，
襟怀由此开。
坡翁诗文在，
流韵过东莱。

庚子闰四月廿五日夜书于故乡南山草庐，此地距诸城一百余里，吾早有登临之意，然迟至今日才遂夙愿，不因忙碌，实赖懒惰，从今后能做的事尽快做，不能拖延也。

齐叟　莫言

醉舞狂歌莫放杯

再上诸城超然台，
秋风浩荡声若雷。
夕阳渐下月初起，
菡萏新凋菊半开。
空有谪仙老酒瘾，
惜无学士大词才。
遥看故里烟云重，
醉舞狂歌莫放杯。

庚子七月，二上超然台得句。
书于南山，知拗不改。
莫言

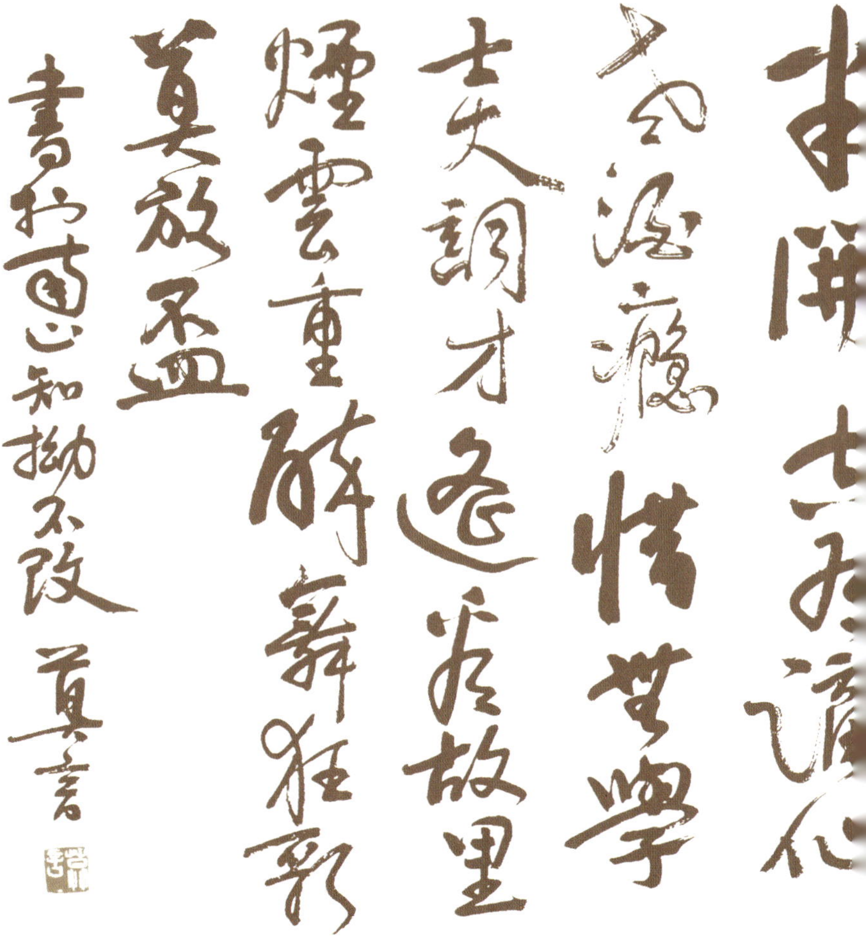

再次諸城超然臺秋風浩蕩聲若雷夕陽漸下月初起

庚子七月二上超然臺得句

鱼山寂寒遗阿怨
八斗才华七步诗
美名风流何处觅
荒榛野草掩残碑

癸卯冬 莫真言

鱼山埋骨 洛水寄情

鱼山寂寞黄河悲，
八斗才华七步诗。
盖世风流何处觅，
荒榛野草掩残碑。

癸卯春
莫言

拜墓之际蒙蒙东风金星迷

侣子建祠中佛爷赐香半斗

擎人间喜迓祥瑞望长安

以凝伫

癸卯清明前赴山东之阿鱼山拜曹子建墓有感返京后填念奴娇一首以记之

邹平王振

鱼山横黛也少去黄河浪潮拜曹

墓碑石残垣也带雨松古壶

芝草数曲径幽诵梵音示祖

入洞穿阳怪建安风骨述子

子诗谢七步精占八斗封神醒

代由军下美泽孙岁墨

念奴娇·鱼山怀古

鱼山横断，北去黄河浪，潮拜曹墓。碎石残垣花带雨，松古灵芝无数。曲径寻踪，梵音乐祖，入洞穿阳悟。建安风骨，越千年谢七步。

独占八斗封神，雕龙绣虎，天下英雄路。泼墨挥毫银凤舞，新月金星游侣。子建祠中，佛爷赐我，半斗惊人句。喜迎祥瑞，望长空以凝伫。

癸卯清明前赴山东东阿鱼山拜曹子建墓有感，返京后填《念奴娇》一首以记之。

邹平　王振

精忠报国 还我河山

拜谒汤阴岳飞庙

上马能使沥泉枪，万军阵里擒贼王。
湛卢宝剑放寒光，左右开弓射天狼。
小重山后满江红，千秋百代犹传诵。
挥毫泼墨龙凤书，变幻莫测百兽舞。
尽忠报国名万古，还我河山驱狼虎。
身遭酷刑不自诬，万民悲愤向天哭。
忠臣烈士谁第一，大鹏金翅岳武穆。
谁若再黑河南人，罚他扫地到汤阴。

辛丑冬月拜谒汤阴岳飞庙，一片丹心如汤煮，恨不能为马前卒。

打油诗草
莫言

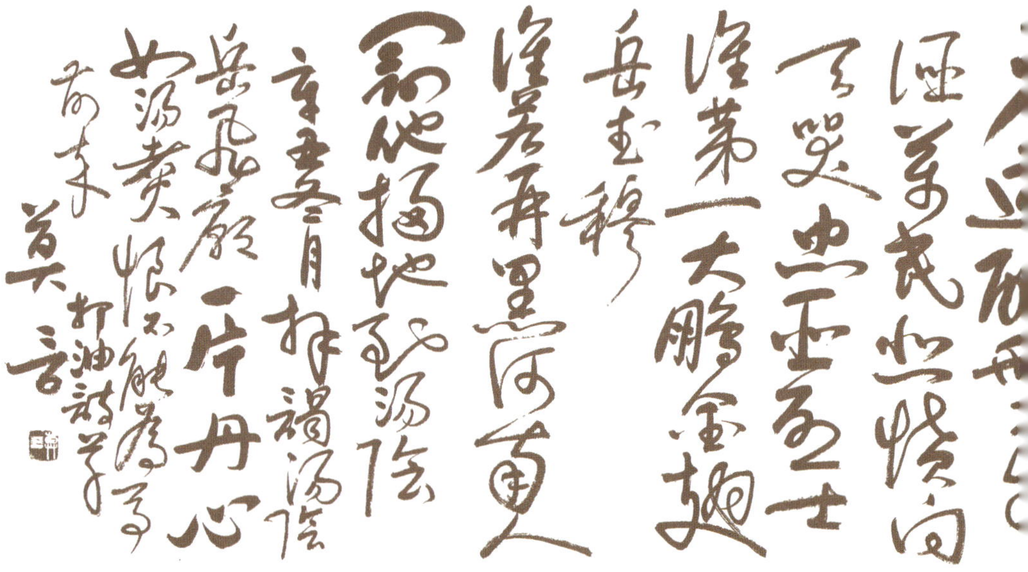

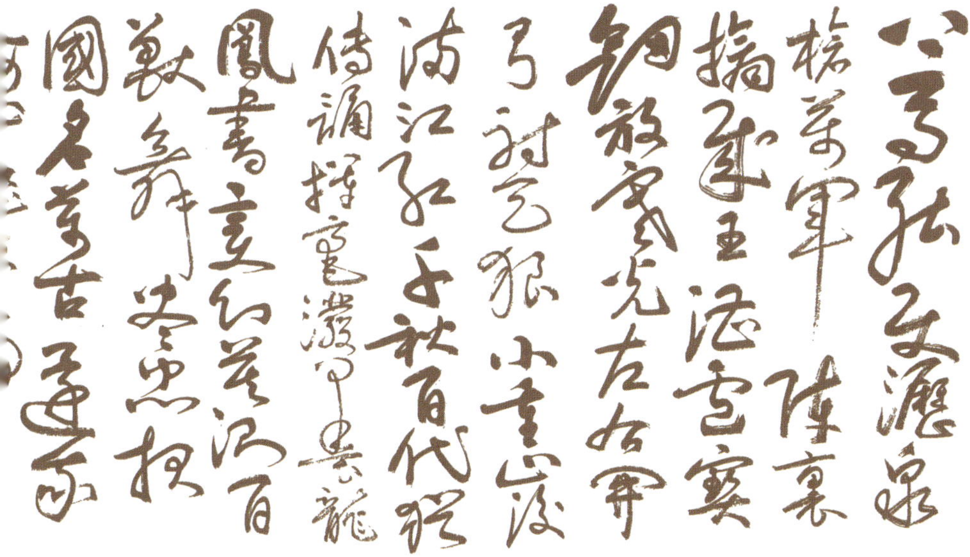

距来千里赴安
阳灿烂文明在
殷商四卜镌龟
书兆铭心刻骨
衷珍藏惟秦
与汉依三代浅
字精图先龙四堂
垂统承千年启示
生花妙笔写华
章

汉高祖设以巫三千载协助
政府治理国家四位研究甲骨文
大师罗振玉王国维郭沫若董作宾
字彦堂以有一堂字号称甲骨四堂
辛丑腊月初四 首真大之

安阳学字

驱车千里赴安阳，灿烂文明看夏商。
问卜烧龟求吉兆，铭心刻骨变珍藏。
灭秦兴汉依三老，识字猜图靠四堂。
圣地我来寻启示，生花妙笔赋华章。

汉高祖设乡县三老协助政府治理国家。四位研究甲骨文大师罗振玉、王国维、郭沫若、董作宾字里皆有一堂字，号称“甲骨四堂”。

辛丑腊月初四

莫言

龍伴安陽六百公里路自在飛翔柏林禪

古寺三一錢佛浮香，云聽任道悠尚太和飲下

浪跨柵欄書觀識字甲骨殷商四千年通慧光

王釋文明，密碼山海蒼蒼靈心於典，故任性詩風

風雨少年二人程一言可興穎耕望吳金樽酒

簡五嚴程雲之年

辛丑年赴安陽參觀中國文字博物館收獲頗豐田京得之

之辭志記之卯年王根

意难忘·安阳行

歌伴安阳，六百公里路，自在飞翔。柏林禅古寺，三铁佛浮香。无所住、道非常。太和饮天浆。跨栅栏、童观识字，甲骨殷商。

四堂通慧先王。释文明密码，山海苍苍。虚心听典故，任性骑凤凰。多少事、二人狂。一言可兴邦。拜圣贤、金樽酒满，五岳云章。

辛丑冬赴安阳参观中国文字博物馆收获颇丰，回京后填《意难忘》记之。

邹平　王振

白山黑水建奇功，劍影刀光氣若虹。首葬丘陵藏猛虎，軀投江海變蛟龍。身經百難心不改，體被雙分目未瞑。題罷碑銘拍案起，生為豪士死英雄。

乙亥初冬書於京華

莫言

两块碑，两首诗，两位英雄

白山黑水建奇功，
剑影刀光气若虹。
首葬丘陵藏猛虎，
躯投江海变蛟龙。
身经百难心不改，
体被双分目未瞑。
题罢碑铭拍案起，
生为豪士死英雄。

己亥初冬于京华
莫言

摸书者说

吾乡先贤傅丙鉴，字绍虞，生于道光戊申。幼聪慧，读书一目十行，过眼成诵，乡里谓之神童。公天性澹泊，不喜时文，不慕科场，不羡仕途，不集资财，以书法诗词为乐，真乃闲云野鹤般人物也。后因生计所迫，无奈为人西席，弟子中多有科场成名者，光绪癸卯科状元王寿彭，即其高足也。傅公晚年双目失明，生活窘迫，流落泉城大明湖畔，鬻书为生。盲老摸书，下笔果断，字如珠玑，一时传为奇谭。

时王寿彭公正长山大，闻言往观，见书者竟是业师，不由感慨万端，旋即延聘为讲席教授。初，师生皆以为校长徇私，议论纷纭。乃至傅公升座开讲，引经据典，探幽发微，方知《三坟》《五典》《八索》《九丘》皆烂熟于先生胸中矣！

今岁盛暑，风雨如磐。我参观吾乡夷安文化博物馆，发现两幅傅公晚年摸书。此真迹，骨格清奇，疏朗大方，点画分明，无一笔含混犹豫，恐明眼人亦难为也。古人云：善书者心中有法，手上有目。想傅公真乃善书者也！

后学赞曰：

磊磊傅公，明月青松。

不羡仕途，无意功名。

诗书传世，文采彪炳。

勤学不懈，期有小成。

庚子中秋节近书于京华一斗阁

莫言

逃暑到東安心來擇重壇摸

書傳說技用口述金丹魁元

何必懷窮困更須擬寫字

雕龍術攀飛萃果難

庚子中秋撰俚句以記暑期故鄉行

高密叟 莫言

绍虞摸书

盛暑到夷安，
心香拜圣坛。
摸书传绝技，
开口吐金丹。
魁元何必炫，
穷困更须欢。
写字雕龙术，
攀登莫畏难。

庚子中秋撰俚句以记暑期故乡行
齐叟　莫言

廣採博取融彙貫通

標新立異變化華靡

藏頭護尾逸轉流姿

屈之為舒和而不同

錄舊句紀念舒公　莫書

屈之为舒 和而不同

纪念舒公

广采博取，融汇贯通。
标新立异，变化无穷。
藏头护尾，逸转从容。
屈之为舒，和而不同。

录旧句纪念舒公
莫言

启迪

故乡

重温马的眼镜

近日得读吴小如先生高足谷曙光教授编注《吴小如戏曲文集全编》，真知灼见，启我心智，丽辞隽句，悦我耳目，不由记起三十多年前听先生讲课情景。

吾从吴先生的课中获益甚多，《马的眼镜》一文中有详尽描述。文题来自我的一个小小的恶作剧以及吴先生在北大西门外脱口而出的两句诗："狗穿毛衣寻常事，马戴眼镜又何妨"。

三龄听戏辨皮黄，
月旦春秋只眼光。
笔墨诗文多古意，
登台不让压当行。

读吴小如教授戏曲文集得句
辛丑入伏
莫言

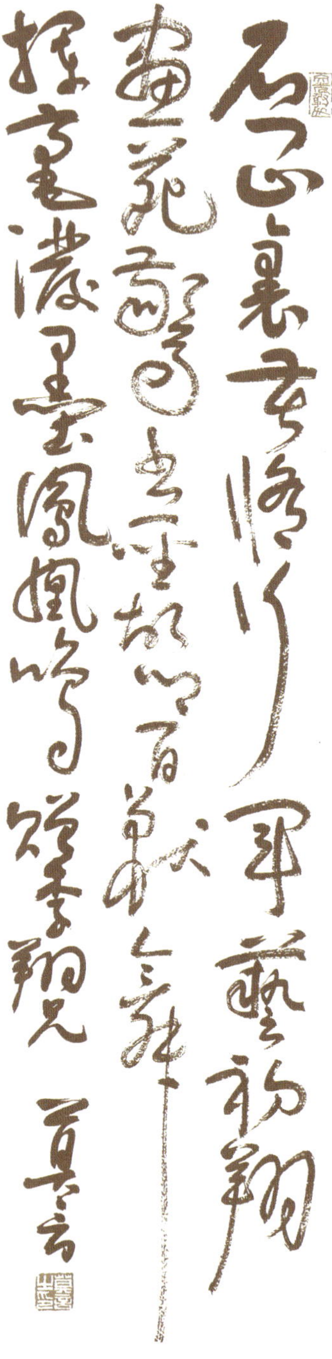

有独家面貌 成大众楷模

石门山里苦修行，
军艺初翔画苑惊。
书圣故乡百兽舞，
挥毫泼墨凤凰鸣。

赠李翔兄
莫言

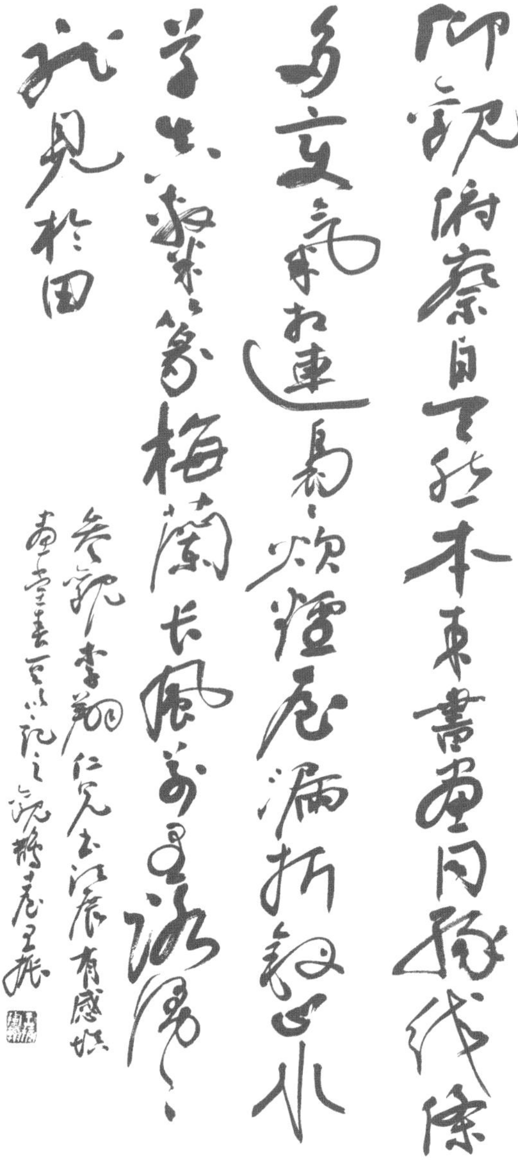

画堂春·观李翔兄书法展有感

仰观俯察自天然，本来书画同源。线条多变气相连，袅袅炊烟。

屋漏折钗山水，草真隶篆梅兰。长风万里路漫漫，龙见于田。

参观李翔仁兄书法展有感，填《画堂春》一首以记之。
观鹊台　王振

墨仙奇谈

夜梦墨仙敲柴门，
形容枯槁如老猿。
身后群獒吼声喧，
利齿参差咬瘦臀。
我持木棍四面抡，
哮天呜嗷跳颓垣。
屋角搬来酒一樽，
落魄饮酒何须温。
一杯入喉和泪吞，
二杯饮尽尚喊冤。
三杯落腹已安魂，
灵光一道射枯臀。
黑口紫唇吐妙言，
制墨秘法唯我存。
松烟冰麝月桂根，
龙鳞烧灰盈玉盆。
异香洋溢熏乾坤，
吾今赠尔墨一尊。
此物可以传子孙，
不须研磨即芳馨。
五色萦绕气絪缊，
我拱双手谢大恩。
又求墨法询本源，
仙翁桀笑如凤鹓。

教我长飞学鹏鲲，
教我赤足攀昆仑，
教我苦修忘晨昏，
教我洁身远鸡豚，
教我无畏时人喷。
墨沈浸饭为饔飧，
竹杖芒鞋又一村。
百年戏曲调常翻，
隆名成灰墨留痕。

俗言道：日有所思，夜有所梦。吾近日研究制墨历史及制墨名家潘谷事迹，深感不入魔不成活乃至理名言也。墨仙入梦对我激励有加，吾当努力学习不畏桑榆之晚，如能留下些许墨痕亦不枉为文人一生矣。

辛丑四月

莫言

異香洋溢熏乾坤吾今贈爾墨一尊此物可以傳子孫不須研磨即芳馨五色縈繞氣絪縕我拱雙手謝大恩又求墨法詢本源仙翁粲笑如鳳鵷教我長飛學鵬鯤敎我赤足攀崐崙教我苦修忘晨昏教我潔身遠鷄豚教我無畏時人嗔墨瀋浸飯為饔飡竹杖芒鞋又一邨百年戲曲調常翻隆名成灰墨留痕

俗言道日有所思夜有所夢吾近日研究製墨歷史及製墨名家潘谷乃迹深感不入魔不成活乃至理名言也墨心入夢從而激勵有加吾當努力學習不畏桑榆之晚方能留下些許墨痕亦不枉為文人一生矣

辛丑四月 莫言

墨僊奇談

夜夢墨僊敲柴門形
容枯槁如老猿身後
群獒吼聲喧利齒參
差咬瘦臀我持木棍
四面掄哮天鳴嗷一跳
顛垣屋角搬來酒一
樽落魄飲粟何須温
一盃入喉和淚吞二
杯飲盡尚喊冤三栝
落腹已安魂靈光一
道射枯骨黑口紫唇
吐妙言製墨秘法唯

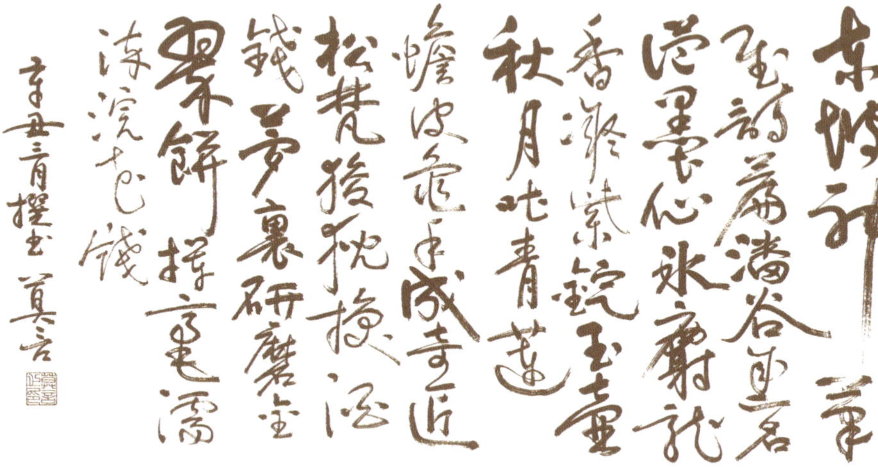
辛丑三月撰书 莫言

诗赞墨仙

东坡神笔赋诗篇，潘谷盛名谥墨仙。
冰麝龙香凝紫锭，玉壶秋月吐青莲。
蟾皮龟手成奇匠，松梵狻猊换酒钱。
梦里研磨金翠饼，挥毫濡染浣花笺。

辛丑三月撰书
莫言

大侠初逢魏公来
江报帐有讨书人
多说家学论搞庸
屠龙不足论

辛丑初冬忆
金庸先生　莫言

论剑须纵酒 谈诗必交心

忆金庸

大侠初逢魏公村，
香江投帖拜师门。
高人多说家常话，
擒虎屠龙不足论。

辛丑初冬忆金庸先生
莫言

满江红 射雕英雄

满江红·射雕英雄

爱恨情仇，除奸恶，侠肝义胆。星宿海，佛光刀影，有惊无险。逐鹿中原般若掌，守关大漠倚天剑。远征驾、碧血共丹心，通云堑。

持真武，群邪惨。飞六脉，凌空斩。射雕英雄在，金蒙难犯。冰魄银针蚕蛊毒，雪参玉露朱睛瞰。江水流、策马赴昆仑，风轻淡。

辛丑九月，金庸大侠仙逝三周年之际，用大侠小说中的神掌、神剑等名称，填《满江红》一首，以此祭先生。

观鹊台　邹平　王振

嘬口吹嘘發風
音舌如簧指集蒼頭
婉轉吸吮萬人醉
珠玉含吞百鳥歌長
嘯聲一山谷應
聲動青雲浪起
後當年一如鶴
天地人自於湖海深
青島玄發禪兄以口
哨吟鳥鳴擬出此詩
表敬仰之意
壬寅夜初 莫言

一聲呼嘯山林動
萬頃波濤心寂然
說起當年快意
了猶如大花悠游
逝 左生絕句以贈
言史莫言

新诗二首

嘬口吹嘘发凤音，
舌如巧指奏唇琴。
琼浆吸吮万人醉，
珠玉含吞百鸟歆。
长啸苏门山谷应，
轻歌青岛浪花侵。
当年一曲惊天地，
今日方知湖海深。

青岛曹庆跃兄以口哨闻名天下，撰书此诗，表我敬仰之意。

壬寅夏初

莫言

一声呼啸山林动，
万顷波涛上案头。
说起当年快意事，
犹如火把照微幽。

左书绝句于南山

齐叟　莫言

天不生仲尼
萬古長如夜
今若無太白
千秋荒涼詩

癸卯八月過鄆里得句

莫言

天下文章始於此地
四方美者皆化為河

癸卯八月於阜邑偶句

莫言

為老君牽牛出關問道
替孔子拖出人各脩心

癸卯十月

莫言

圣人门第 阙里世家

天不生仲尼万古长如夜
世若无太白千秋莫论诗

癸卯八月，游阙里得句。
莫言

天下文章始于此地
四方贤者皆从为师

癸卯八月，曲阜游得俚句。
莫言

为老君牵牛出关问道
替孔子挑书入世修心

癸卯十月
莫言

辉同日月，大道星河阔。不倚不偏身修徵，是是非非莫说。

[illegible]

孔圣先师殿有感 调寄清平乐一首 小[illegible]书 王[illegible]

癸卯[illegible]月 拙词

清平乐·拜谒孔圣

辉同日月，大道星河阔。不倚不偏身修彻，是是非非莫说。

能进能退骁强，知先知后非常。儒者道行天下，不言之教称王。

癸卯八月拜谒孔圣先师庙有感，填《清平乐》一首以记此行。

王振

龍虎秀山色
醴泉秀同聲
伏孫授經妙劉
徽算術精范公
苦讀處後樂
先憂情人文昌
盛地黃河
迴郭平

庚子七月隨王振兄訪其故里
得益良多打油詩記之供方
家哂正　真之言

黄河过邹平

龙台看山色，
醴泉听雨声。
伏胜授经妙，
刘徽算法精。
范公苦读处，
后乐先忧情。
人文昌盛地，
黄河过邹平。

庚子七月随王振兄访其故乡，得益良多，打油诗记之。供方家哂正。

莫言

奇談鼻祖段柯古
草體宗師周清臣

莫言

破壁藏經伏子賤
劃粥斷齏范希文

莫言

庚子
遊鄒平青山
黃鳥鳴范公留警
句伏老傳英名周
越草書美劉徽算
法精大河奔海去
千里聞濤聲

壬寅歲尾 莫言

周越遗响 米苏蔡黄

奇谈鼻祖段柯古
草体宗师周清臣

莫言

破壁藏经伏子贱
划粥割齑范希文

莫言

游邹平

庚子游邹平，青山黄鸟鸣。
范公留警句，伏老传英名。
周越草书美，刘徽算法精。
大河奔海去，千里闻涛声。

壬寅岁尾
莫言

林老高公兩巨人
詩書瘦硬有精神
萬言筆戟聲飛墨
石破天開夜鳳麟

以此陋句敬獻金陵兩位詩書大家高二適林散之先生 萬言

林海高山

林老高公两巨人，
诗书瘦硬有精神。
兰亭笔战惊朝野，
石破天开落凤麟。

以此陋句致敬金陵两位诗书大家高二适、林散之先生

莫言

金沙星雨入风崖
放筏林莺满地春
泼墨飘香花欲醉
云烟一系老江人

卯年 星槎

读林散翁书法有感

金沙星雨入风尘，
散落林芝满地春。
淡墨飘香花欲醉，
云烟一纸老江人。

邹平　王振

沈鹏与莫言

休休罢罢休休

绿雾红风魂魄迷，
飞砂走石浊清溪。
污泥浑水莲花净，
翠羽丹霞孔雀啼。
君子公心知向背，
小人得志忘东西。
天罗地网谁能漏，
鹓凤高翔避野鸡。

依韵敬和沈鹏先生诗沙尘暴于故乡
庚子四月初二
莫言

挺進中原李國風崇山
峻嶺飾長虹書生展色
集儒將西討萬千年兵俊
雄没帳接続开局面辭官
孤劍立新功因恩陳跨
鶴道逸去化作明星照
昊穹

壬寅春追懷中師心哲不勝悲痛詩以悼之 莫言

清明時節雨霏霏雪高前去
悵念吾輩故揮
毫錦揮灑春風吹大地綠
日放光輝戰士鏖生死心隨鴻鵠飛

癸卯清明前夕 恩生 莫言

书生底色 战士情怀

悼怀中恩师

挺进中原牵国风，崇山峻岭布长虹。
书生底色成儒将，西线华章亦俊雄。
设帐授徒开局面，辞官编剧立新功。
恩师跨鹤逍遥去，化作明星照昊穹。

壬寅岁尾，怀中师仙逝，不胜悲痛，诗以悼之。
莫言

再悼怀中恩师

清明时节雨，冰雪马前衣。
忆旧吟击鼓，挥毫抄采薇。
牵风吹大地，驱日放光辉。
战士轻生死，心随鸿鹄飞。

癸卯清明前夕
愚生　莫言

牵风引领荣长虹甘作
肩梯登太空逸气世情
播春种于飞笔耕建奇
功写人刻已胄如海向善
揽手心似童加驰新冠
难胜重观公都寰[illegible]次徐公

悼念原军艺文学系主任
徐怀中将军将军在时曾见面今日看
到将军照片如恍犹见将军感慨万千

小兵王振敬书

和诗一首

牵风引路筑长虹，甘做肩梯望太空。
道是无情播爱种，不求业绩建奇功。
容人克己胸如海，向善扶才心似童。
加冕新冠难胜重，魏公村里哭徐公。

悼念原军艺文学系主任徐怀中将军。将军在时无缘见面，今日看到将军照片数帧，犹见将军，感慨万千。

小兵　王振敬书

万类自得

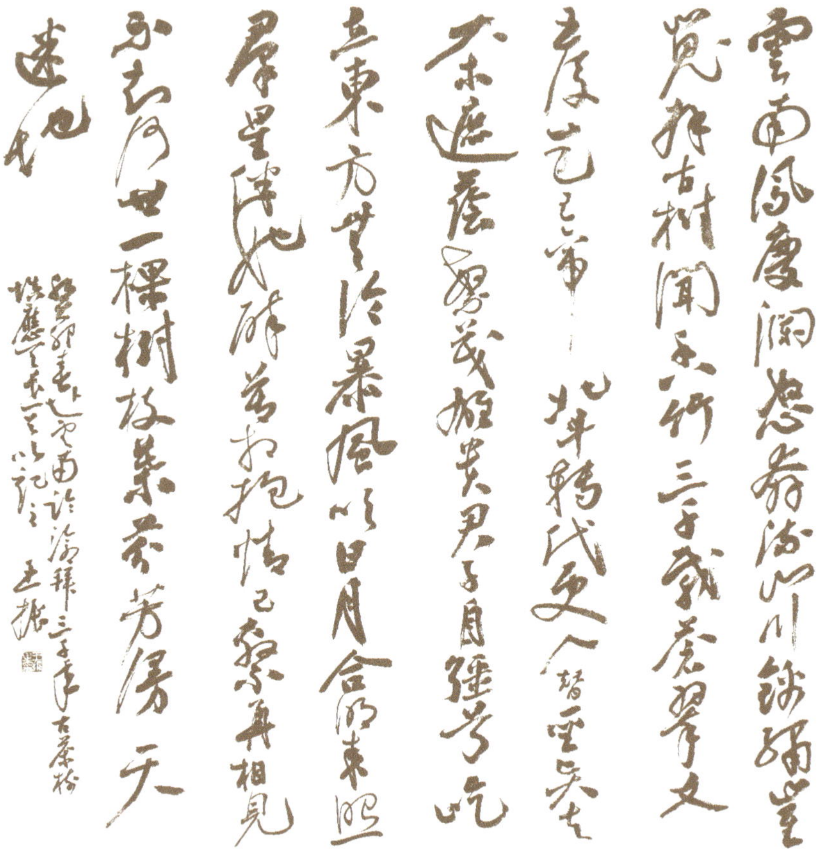

雲南鳳慶瀾悠壽滄山川錦繡堂
覓錦古村間天行 三千歲茶聚文
度亡己帝 七十年轉代更人皆望矣也
不示遮蔽戲據實君子自強屹
立東方世紀暴風以日月合而來照
風雲際也萬古抱情已聚再相見
永古今世一棵樹枝葉茶芳傳天
涯也

癸卯春上之雲南訪瀾滄三千年古茶樹
讚歎之長一言以記之 王振

巍然屹立 王者风范

应天长·拜凤庆茶树王

云南凤庆，澜怒奔流，山川锦绣崔嵬。拜古树闻香竹，三千载苍翠。文王后，武王帝。北斗转、代更人替。圣贤去，大木遮荫，繁茂雄贵。

君子自强兮，屹立东方，无论暴风吹。日月合明来照，群星伴她醉。莫相抱，情已系。再相见、不知何世。一棵树，枝叶芬芳，漫天迷地。

癸卯春，赴云南临沧拜三千年古茶树，填《应天长》一首以记之。

王振

莫言拥抱3000年茶树王

茶树王小记

云南凤庆小湾镇锦秀村山坡上，有一棵树龄三千两百多年的茶树王。我们在当地领导的引领下，踏着梯子爬到山坡上，踩着饱满的茶籽与枯枝败叶来到树下，搂抱粗壮的树干，仰望蓬勃的树冠，真正感受到了这棵巍巍大木的王者风范。

屹立在山坡上三千两百多年，送走过多少晚霞，迎来过多少朝阳，看惯多少兴亡事，历经了多少风暴雨狂，宏大的地球上，还有谁比它见多识广。

古人站大树前，曾发“树犹如此，人何以堪”之感慨，叹人生之短暂，岁月之无情。今我立树王前，更感造物之神奇，自然之佳妙，人生之有趣。能与三千二百多岁老树共沐春光，同吸灵气，吾辈是何等之幸运，何等之快慰。与智者语，智者之智亦即吾之智也；与寿者交，寿者之寿亦即吾之寿也。夫天下之智者、寿者唯此树王为最也。吾立此树王之下，恭之、敬之、观之、问之、拥之、抱之、倾之、诉之，树之智寿能不通感于我之身心乎？

思于此，吾斗胆反先贤之意而曰：十世修行，生而为人。得见树王，可悦心神。树犹如此，人何不乐？

参观毕，主人以树下捡来之枯叶烹煮饮我。滋味淳厚，果然不同凡响，二十泡后，香气犹未减也。

癸卯二月初八夜记于京华

莫言

在印度洋

千翔集会 万羽翻飞

东非大裂谷，有湖若明珠。
湖水常涨落，树木有荣枯。
枯木水中立，倒影成画图。
车随弯路转，移步风景殊。
狒狒争攀树，苍鹰立朽株。
登舟入深处，群鸟四边凫。
追鱼拍墨鸭，争飞看鹈鹕。
长腿若瘦竹，灰鹤巡泥涂。
壮观火烈鸟，排阵接山隅。
赤足映绿水，红毛耀天衢。
一鸟惊飞起，万鸟齐应呼。
扇翅风吹浪，落羽粉雪铺。
我坐船舷上，放眼青山舒。
时而羡飞鸟，时而慕游鱼。
万类皆自得，唯有人心虚。
且将眼前景，草成数行书。

癸卯七月，乘舟游肯尼亚纳库鲁湖拍鸟得句，归京后书之。
齐叟　老莫

西地锦·火烈鸟

火烈鸟腾飞去。落红惊野鹜。湖边拍摄，凌波独步，锦鳞如缕。

草地冷餐沙雾。鹿鸣合欢树。远山近水，无声以对，晨风秋露。

癸卯六月，东非埃尔门泰塔湖、纳库鲁湖观鸟有感，填《西地锦》一首以记此行。

观鹊台　王振

SONY

花繁梢茂大藤李闊怪奇為高
妍
命短長猶生八百歲界通物理只
神仙

癸卯六月五日書懷 余觀西雙版納熱帶植物園
有感 莫言

花奇树贵 物竞天择

花繁树茂老藤牵，
斗怪争奇为鸟妍。
命短难生八百岁，
略通物理即神仙。

癸卯二月五日书，忆参观西双版纳热带植物园。
齐叟　莫言

西双版纳热带植物园

百歲老人千歲樹，番春四月雪花開。濃似酒中之醉，遊客醺醺思夢里。

淄川友人云在村內有一株據傳是元朝程公親手所植的流蘇，近日已至花期，明日前去賞拜，行前謅詩一首。癸卯三月 莫言

一樹繁花半城香，淄川自古文章鄉。牡丹為葛巾，寫進聊齋志，流蘇不應當。

淄川千年流蘇樹花開時節雪浪翻滾，氣象襲人，謂為天下奇觀。蒲松齡先生若將此樹寫進聊齋，不知她是何等人物也。癸卯三月 莫言

团绒簇雪 散麝流香

百岁老人千岁树，暮春四月雪花开。
浓香似酒闻之醉，游客醺醺思举杯。

淄川友人言，其故乡有一株据传是齐桓公亲手所植的流苏。近日已至花期，明日前去赏拜，行前诗一首。

癸卯三月
莫言

一树繁花半城香，淄川自古好文章。
牡丹芍药皆写过，忘却流苏不应当。

淄川千年流苏树，花开时节雪浪翻滚，香气袭人，诚为天下奇观胜景。蒲松龄先生若将此树写进《聊斋》，不知她是何等人物也。

癸卯三月
莫言

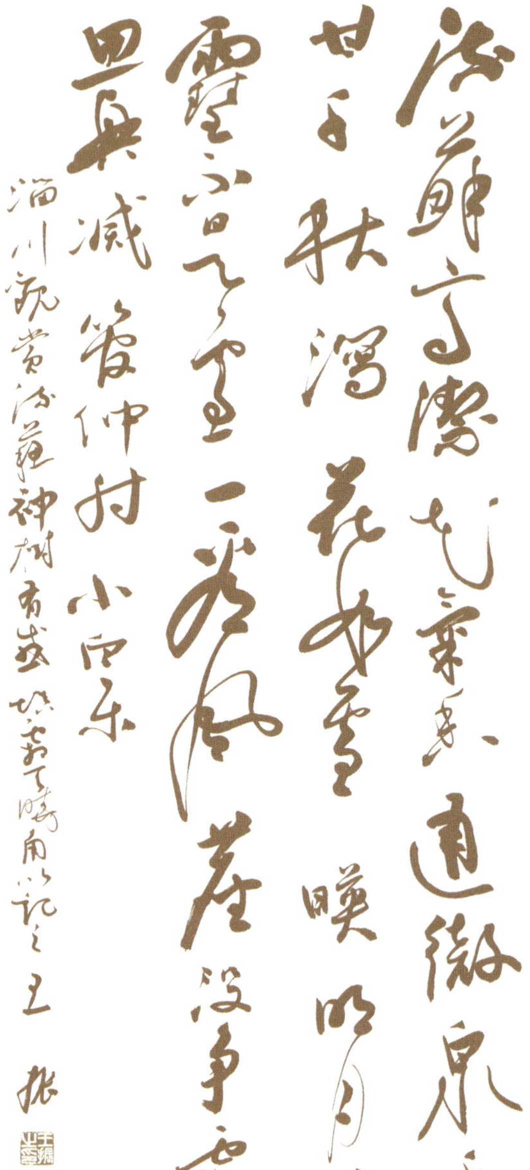

霜天晓角·淄川流苏

流苏高洁。花气香通彻。泉水甘千秋泻，花如雪、映明月。

是雪。不是雪。一看风尘没。争霸王思兴灭，管仲射、小白乐。

淄川观赏流苏神树有感，填《霜天晓角》以记之。

王振

流苏树

非洲大象

巍巍吉象 朗朗乾坤

巍巍吉象，莽莽草原。
谁是王者，惟象是瞻。
肚量如海，气势若山。
不急不躁，态度和缓。
鼻若柔肠，牙似琅玕。
耳如团扇，足似磨盘。
大河不嚣，小溪哗然。
小丑跳踉，大贤寡言。
面对巨兽，我心羞惭。
妄自尊大，遗臭百年。
多做少说，重在践行。
为人周正，持心公平。
八风不动，宠辱莫惊。
仁慈宽厚，必多友声。
在陆为象，在海为鲸。
举足地动，喷水天倾。
短歌佐酒，满饮三觥。

癸卯八月末，书四言俚句，记非洲看象故事。
齐叟　老莫

肯尼亚鸵鸟

鸵鸟高蹈 秃鹫低翔

秃鹫低翔鸣叫悲，
接天黄草大星垂。
灵禽食秽君休恶，
腐朽谁能化秀奇。

癸卯中秋书非洲纪行诗
莫言

肯尼亚马塞马拉大草原上的秃鹫

KDH 218M
80
KPH

角马非马　野牛真牛

新诗三首

角马成群结队来，
野牛排阵接荒堆。
夕阳漫溢云龙见，
大戏连台幻梦回。
狮子低鸣仁兽惧，
羚羊长跳猛禽催。
生生死死环环套，
一样悲观无尽哀！

癸卯中秋，诗忆非洲行。
齐叟　老莫

角马看来更似牛，成群结队草原游。
若能驯化犁车役，正可齐肩挂索头。

在马赛马拉草原上看到成群角马，不由想起人民公社时期牛马之珍贵。

癸卯中秋

莫言

野牛笨重力无穷，狮豹群前敢发疯。
铁角撞开千斤障，早凭火阵建奇功。

在东非草原见成群野牛，想起故乡野牛阵故事。

癸卯中秋

莫言

肯尼亚马塞马拉大草原上的角马

猎豹

斑斓豹影 美丽草原

猎豹逐羊鹿，闪电破长空。
餍饱卧衰草，毛色浑然同。
群车载看客，八方轰鸣来。
都欲抢佳景，各逞半斗才。
猎豹不堪扰，坦然显身形。
纤腰如偃月，长尾若健翎。
斑斓皮毛丽，冷眼如寒星。
车围圈渐小，卷地起黄埃。
豹走如鱼游，优哉复游哉。
视人若无物，溺溲车轮胎。
王者气象大，傲慢登高堆。
天地皆肃穆，红日正西沉。
白草染紫晕，漶漫流黄金。
君子思豹变，莫忘初始心。
路在常理外，举火苦追寻。

癸卯七月十六晚撰五言句，追记在马赛马拉草原围观金钱豹事。

齐叟　莫言

翱尔[illegible]接[illegible]
飛身飛蹴腰
如偃月長尾
若健翎斑斕
皮毛蓄冷眼
如意見東園
園衛小捲地
起灵埃豹气
如鱼游何哉

居[illegible]
[illegible]然新[illegible]
立者理[illegible]
大[illegible]追尾

癸卯七月十六晚
撰五言句追記其
馬賽馬拉草原
園之觀之金錢豹也
高[illegible]并書

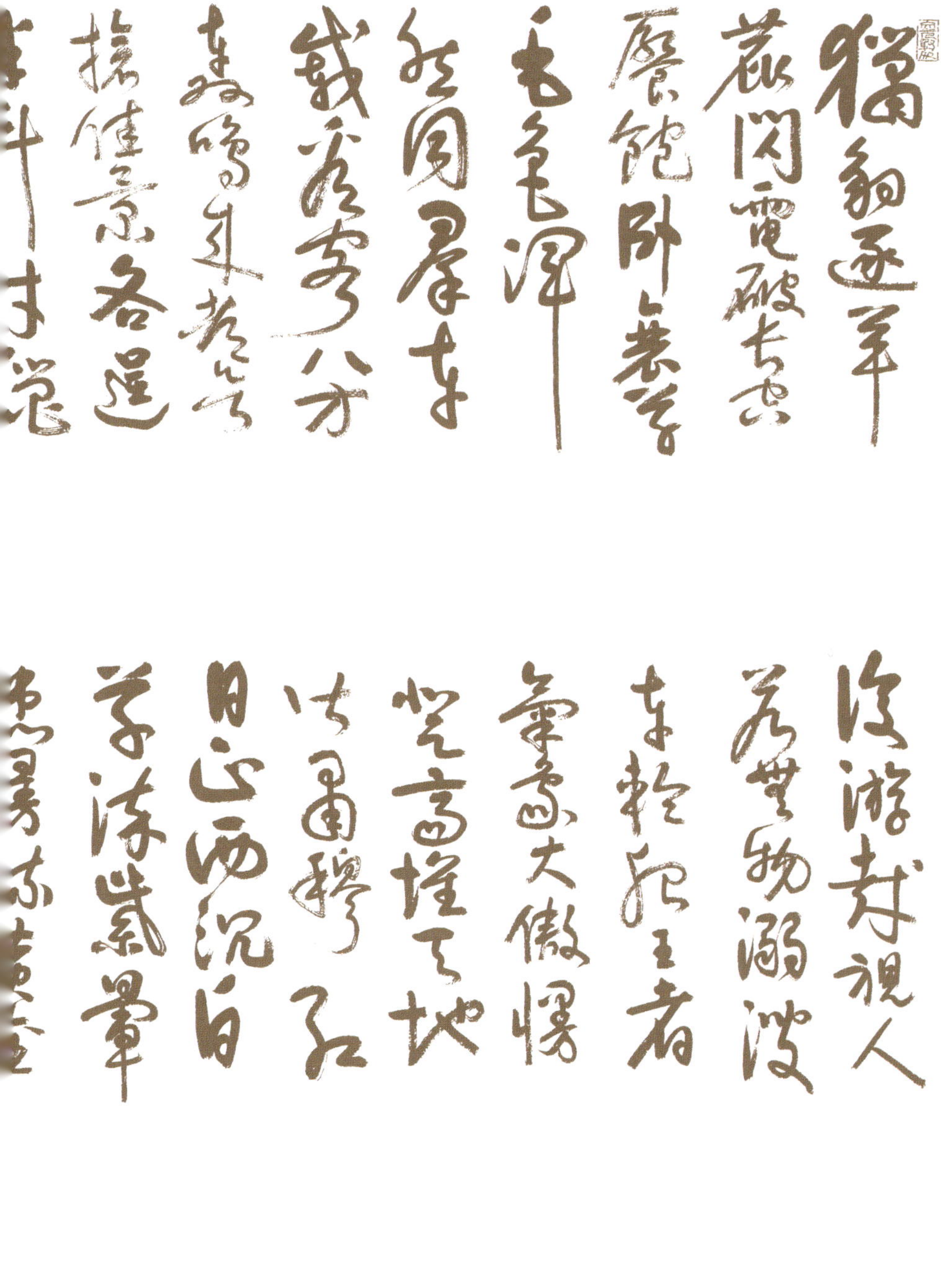

金钱豹

金钱豹
让我看看你的尊容
我们不会伤害你
你的名声太大
你的胆子比名声还大
你有思想吧
听说英雄都是思想家

其实我们不了解你
却想亲眼见见你
已经离得很近
还用望远镜看你
想从茂密的草丛中
寻找你的踪迹
当车轰鸣着围上来
数百个镜头对准你
你像是走投无路
又仿佛无所事事
你在车辆的缝隙里穿行
展现自己柔软的身姿
你翘起一条后腿
将一泡浅蓝的尿液洒在黑色的

轮胎上
那冷冷的一瞥
充满了蔑视
英雄不需要在任何人面前表现英雄
胆怯却经常披着英雄的外衣

金钱豹
我们是你的客人
你是从容淡定的主人
在空旷的草原上
没有谁是你的对手
你拖着沉重的肚腹
登上高高的土堆
夕阳西下
你是永恒的中心
在金黄的阳光里变成黄金
金钱
豹

王振

纵横随意

凤凰杂言三节

在凤凰的石桥上
看沱江里的暮云
满头银饰的少女
镶嵌在云里，梦里
人与桥动荡不安
还有什么不能释怀

吊脚楼在水边静坐
宛若入定的老妪
多少诅咒，多少呢喃
留声在墙里，魇里
夜半繁星满天
笑过了哭，哭过了骂
牛保牛保你个天杀的

幽巷里一丛芭蕉
正开着涅槃之花
爱惜鼻子的朋友走了
在记忆的气味里，泪里
体会吃辣椒的快感

那时的人

出门便是远行

开口即是誓言

壬寅七月，游凤凰古城，了多年心愿。参沈公故居，赏沱江晚景。心中若干浮浅印象，整理成片段文字。不敢称诗，杂言而已。供方家两哂。

愚叟　莫言

莫言、王振在张家界天门山

芙蓉鎮公社　芙蓉古氣猶清涎　秦漢劇照應當年已褪色　鐵牌新業尚存形　舞名立腐引　遊客壯觀和蘆濤聲　龍今日又逢八月八　銅鑼大響　夢無說

壬寅夜隨作家協會同仁參觀

湘西芙蓉鎮此地原名王村　因電影芙蓉鎮在此拍攝而改名　帶動旅遊業大盛造福一方百姓　數十年間因一部影視而改一地之名為文旅熱點而今亦屢見不鮮　今人欣慰也　如黃鶴岳陽滕王閣等名樓皆因詩詞而聞名矣　先其毛範五齊舊叢

壬寅中秋於京　莫言

芙蓉花开

芙蓉镇上看芙蓉，
花气轻清酒气浓。
剧照旧年已褪色，
对联新岁尚存形。
盛名豆腐引游客，
壮观水帘腾玉龙。
今日又逢八月八，
铜锣空响梦无踪。

壬寅夏，随作家协会同仁参观湘西芙蓉镇，此地原名王村，因电影《芙蓉镇》在此拍摄而改名，带动旅游业大盛，造福一方百姓。数十年间，因一部影视而使一地成为文旅热点的事例屡见不鲜，令人欣慰也。想黄鹤、岳阳、滕王天下多少名胜皆因诗赋而成名矣，先贤垂范吾侪奋发。

壬寅中秋于京

莫言

[illegible]

……静在心川 堪称佳境

近日雨游西街老城之画影 美景[illegible] 堪谓一幅 以记心境

卯年 王振

双头莲·望芙蓉镇

莫问归程，红辣子精神，向前革命。无论贵贱，米豆腐吃饱，安康清宁。瀑布飞溅若雷，伴游人欢庆。芙蓉镇，买卖兴隆，长鸿过江留影。

挥汗虎步湘西，凤凰鸣古镇，边城风劲。天门洞口，雾漫漫，阵阵芬芳仙磬。落日五指流霞，白猿登峰顶。披紫衣，静夜山行，攀升佳境。

近日的湘西行，想起了电影《芙蓉镇》，填词一首以记心境。

邹平　王振

岳阳城古楼
屡为残以济
老叟修身寄吾吼
童学宋忧诗
洞三万里波
吟哦千秋湖
大里心小长江
强流

壬寅六月再写岳阳楼，忆起十年前初登此楼时，一老者与我打招呼，不慎失足跌落门齿一枚，甚惨。痛苦当时良久人至今难以忘怀。又有稚童十数人邀我签名合影，倏忽千载，我想那老者门齿已补，孩子们也考取大学了吧。

壬寅七月十二日 黄永玉

再登岳阳楼

岳阳登古楼，旧事绕心头。
老叟修牙否，儿童学业优。
蹒跚三万里，毁誉百千秋。
湖大君山小，长江一线流。

壬寅六月，再登岳阳楼，忆起十年前初登此楼时，一老者与我打招呼，不慎失足，跌落门齿一枚，吾甚感歉疚，上前慰问良久，至今难以忘怀。又有稚童十数人邀我签名合影。倏忽十载，想那老者门齿已补，孩子们也都考上大学了吧！

壬寅七月十二日

莫言

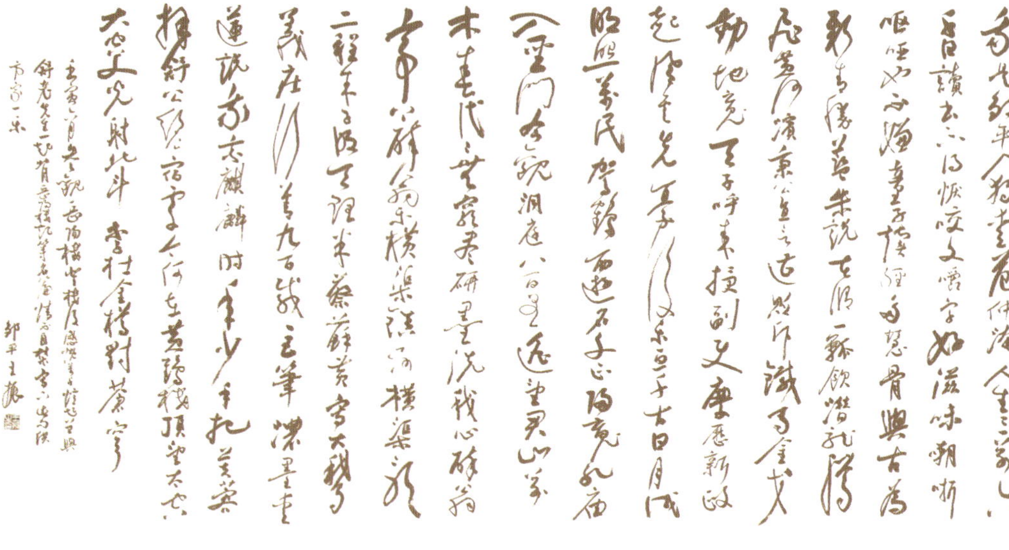

梦范公

我是邹平人，独爱范仲淹。
人生三万六千日，读书不得恹。
咬文嚼字好滋味，嘲哳呕哑也不嫌。
童子读经多慧骨，与古为新青胜蓝。
朱说苦修一瓢饮，潜龙腾飞黄河滨，
秉公直言遭贬斥，铁马金戈动地魂。
天子呼来授副使，庆历新政起风云。
先忧后乐亘千古，日月成明照万民。
驾鹤西游名文正，归魂孔庙入圣门。
今观洞庭八百里，遥望君山万木春。
代代无穷尽，研墨洗我心。
醉翁亭上醉翁乐，横渠镇前横渠歌。
二程朱子明天理，米蔡苏黄写大鹅。
义庄行善九百载，巨笔浓墨爱莲说。
我乘麒麟时年少，手把芙蓉拜舒公。
舒公宿处今何在？黄鹤楼顶望太空。
太空文光射北斗，李杜金樽对苍穹。

壬寅六月参观岳阳楼，登楼后感慨万千，忆起曾与舒老先生一起背《岳阳楼记》等名篇，情不自禁写下此句，供方家一乐。

邹平　王振

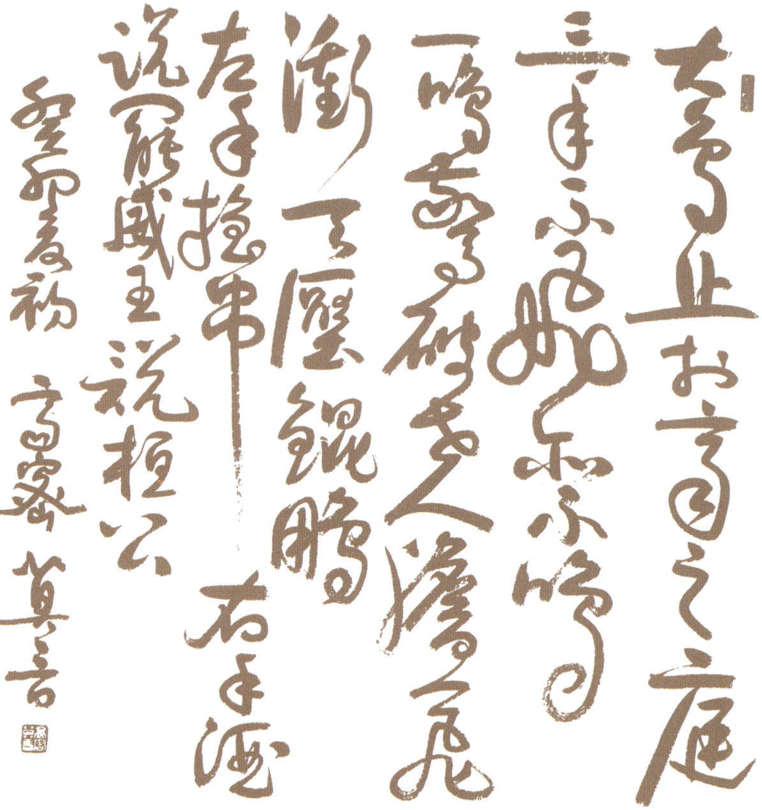

齐城遗迹 石海凝波

大鸟止于齐之庭，
三年不飞亦不鸣。
一鸣惊破世人胆，
一飞冲天压鲲鹏。
左手撸串右手酒，
说罢威王说桓公。

癸卯夏初
高密 莫言

海市蜃楼虚幻景，空非是色色非空。高僧题壁图存法，猛将练兵为建功。血浸丹崖铭国耻，舟浮方士盼西风。我来蓬地思龙泽，仙阁斜阳和映红。

戊戌八月重游戚氏营盘
再游蓬莱阁得句

庚子秋 莫言

蓬莱仙境

再登蓬莱阁

海市蜃楼虚幻景，
空非是色色非空。
高僧题壁图宏法，
猛将练兵为建功。
血浸丹崖铭国耻，
舟浮方士盼西风。
我来旧地思袍泽，
仙阁斜阳相映红。

戊戌八月，重游老营盘，再登蓬莱阁得句。
庚子秋
莫言

扶杖攀登司马台，金风浩荡乱云开。先民抗敌丰碑立，后辈寻踪志气恢。万里河山生画卷，千秋诗赋大雄才。长城内外红枫舞，疑是将军征战回。

壬寅十月十六日与友人结伴攀爬古北口司马台长城。同行者多年岁较大，体重形沉，但亦不甘人后，率先登顶，汗流浃背，气喘如牛，但心情舒畅。望层峦叠嶂，万木霜红，大好河山，黄金岁月，想古今豪士墨客骚人登临至此，莫不心潮澎湃，纵情放歌，留下无数名篇佳作。余难抑激情，所以不避谫陋，随书此一律，供方家哂。

莫言

京师锁钥

登司马台

扶杖攀登司马台，金风浩荡乱云开。
先贤抗敌丰碑在，后辈寻踪志气恢。
万里河山真画卷，千秋诗赋大雄才。
长城内外红旗舞，疑是将军征战回。

壬寅十月十六日，与友人结伴攀爬古北口司马台长城。同行者我年龄最大、体重最沉，但我不甘人后率先登顶，虽汗流浃背、气喘如牛，但心情舒畅。望层峦叠嶂、万木初红，大好河山、黄金岁月，想古今豪士、墨客骚人，登临至此，莫不心潮澎湃，纵酒放歌，留下无数名篇佳作。吾虽肤浅，激情所使，不避谫陋，书此一律，供方家两哂。

莫言

逢清明，空六古城楼，红叶萧萧入眸，来也只追求
三心飞，落花无时，照九天飞，伏案
门开铁锁，正是关川，虚露云飞白浪
葬扬枝凌风，乘横屏，垂开宴月当头
雕栏倒影泼门，柳花烟物枚去默落淅沥
船慢飞和轻流

右录姑苏好友…… [illegible] ……亦记之

郭平王振

最高楼·登司马台长城

逢佳日，登上古城楼，红叶美人眸。半空遥看三山色，落霞斜照九台秋。望京门，开锁钥，正封侯。

看水库，窑云飞白鹭。舞拐杖，凌风驱猛虎。重开宴，月当头。雕栏倒影汤河柳，花灯初放异乡愁。酒微醺，船慢走，水轻流。

壬寅秋，随好友初登司马台长城，在九号敌楼看到晚霞西照，感慨万千，遂填《最高楼》一首以记此行。

邹平　王振

桥若能言 出语惊天

重游卢沟桥

当年气也豪，夜探卢沟桥。
阵阵蛙声里，缕缕槐香飘。
月光如水泻，旷野空寂寥。
桥面光闪烁，脚下路低高。
圣驾曾驻跸，官车早晚朝。
商旅车轮辗，日寇铁蹄敲。
宛平枪声响，战火遍地烧。
烈士雪国耻，热血染征袍。
夕阳残照落，芦苇风中摇。
孤雁愁归阵，群鸦思旧巢。
俯看老桥面，坑洼叠沟槽。
注目石狮子，走心钱塘潮。
九百三十载，姿态依然娇。
见惯兴亡事，笑对河中涛。
若能吐胸臆，文华耀九霄。

公元一千九百八十四年暮春，吾在长辛店八一射击场参加科学社会主义理论培训班时，曾与战友于夜半时分溜出营区，前往卢沟桥赏月。射击场离卢沟桥足有十里之遥，吾二人皆不识路径，翻沟渠穿麦田，终于黎明时分到达桥上。当时，此桥无人管理，石狮子可自由触摸。吾二人将石桥两侧的狮子摸了一遍后，东方已见晨曦。吾担心回去挨批，战友说：你是连职，我是营职，一切责任由我担当。我当然不会让他一人担责。而后来为我们担了责的是我们的组长，他对领导说是他批准我们去体验生活，为创作抗战题材小说积累素材的。第二年，我在军艺文学系创作小说《红高粱》时，的确多次想到这次月夜探桥之行。今年初冬，吾游卢沟桥时，不由地回忆起三十八年前这段往事。此桥经精心修缮保护，更显壮丽宏伟，桥若能言，出语惊天。

壬寅冬月
莫言

士雪国耻热血染
征袍夕阳残照落
芦苇——
风中猿啼孤雁
愁落阳阵群鸦回
鹿业俯看老桥
面坑灌叠满槽
注目石狮子老心残
挽澜九百三十载姿
态依然娇见惯冀
近了叹对河小涛
芳乃能吐自胸臆文
华——
耀九霄

当年我不会懂
他一人担责而后来为
家们担了责的是家们
的期去他那领导说是
他批准家们去体验
生活为创作抗战题
材小说积累素材的
第二年我去军艺就
文学系创作小说红
高粱时的缓步次望
这九月夜探桥之行
立体的冬季过卢沟
桥时不由地回想起
三十八年前的一桩往事
此桥经精心修缮保
安更雄壮宏伟
桥者我能言出话语了

壬寅冬月　莫言

當年筆也豪
夜探盧溝橋
陣陣蛙聲一
裊裊槐香飄
月光如水瀉曉野
石獅寧橋面光
閃爍腳下六
路低高
雲鶴亂語歸
官東早晚歸
為旅車輪振
日寇鐵蹄鼓

公元一千九百八十四年
著者 曾在北京
唐八一射擊場參加
科學社會主義理論
培訓班時曾與我友
于夜半時分溜出營區
前往盧溝橋賞月
射擊場離盧溝橋
足有十里之遙 吾
二人步行沿徑
翻溝渠穿麥田終
於黎明時分到達橋
上 當時此橋無人管理
石獅子可自由觸摸
吾二人將石橋兩側的
獅子摸了一遍後
東方已見晨曦
吾擔心回去挨批我

在卢沟桥

清平乐·卢沟桥

卢沟晓月。寒水光波澈。马啸车辚千年越，轧石留痕万叠。

右岸芦苇花飘，左岸鸳鸟戏翱。多少行人问道，且听雁叫狮哮。

壬寅冬日游卢沟桥，填《清平乐》一首以记此行。

邹平　王振

京郊名刹紅螺寺翠峰
千年森森銀杏黃暮
鼓晨鐘心經拜枯枝
敗葉不歸涼饒禾來佛
須先切去己成仁是悅慷
菩嘆魁星不照顧丹心
如何破了慧

遊經和紅螺寺同句造翠峰
千年森森來道生蔭立如方
廟宇中難得見又見古銀
杏樹數株葉似金箔鋪地
遮下寶座燒人心自之寺鈔
廟堂前又有兩大長棚培育三角
梅花千株五綵繽紛賞心悅目
右後大殿東廂房中數千種蘭花
多寺付贊尤以墨魁蝴蝶泥金
翁兩種為佳據文字介紹此
兩種俱為清香人負栽培不由
肅然而生敬意焉 莫言

红螺翠竹 墨菊丹梅

游怀柔红螺寺

京都名刹红螺寺，翠竹森森银杏黄。
暮鼓晨钟山径寂，枯枝败叶石桌凉。
烧香求佛须真切，舍己成仁是慨慷。
莫叹魁星不照顾，丹心如炬破天荒。

游怀柔红螺寺得句。此寺翠竹森森，夹道成荫，在北方庙宇中难得一见。又有古银杏树数株，叶似金箔，铺地遮天，实属暖人心目之奇观。庙堂前又有两大长棚，培育三角梅若干株，五彩缤纷，赏心悦目。右侧大玻璃房中，数十种菊花争奇斗艳，尤以墨魁与泥金豹两种为佳。据文字介绍，这些品种俱为该寺人员栽培，不由我肃然而生敬意焉。

齐叟　莫言

金盏倒垂莲·红螺寺

修竹青青，寺前留清影，宝殿香浓。九曲莲花，了悟大明空。结正果、金秋银杏，引来善女灵童。橡树叶落，松藤舞凤游龙。

红螺柔情玉女，恋爱人世境，出广寒宫。看墨魁花，听暮鼓晨钟。拜佛祖、观音菩萨，保昌隆佑年丰。护老战友，平安度过隆冬。

壬寅深秋，赴怀柔游红螺寺，橡叶满山，银杏金黄，石凳旁举杯相邀，感慨万千，返京后填《金盏倒垂莲》一首以记之。

邹平　王振

翁郎英灵棹一郎东快船
如箭大江中像蒲苇每夜今
文星星点龙松飞逐混同鼓
啸犬鸽鸣叫惊我乡
生写步河匆刀光词新篇
志泯灭恩雠句以年过

莫言

三江口纪行

快船如箭大江中

辞别英灵掉头东，
快船如箭大江中。
俄苏华夏分文野，
黑龙松花汇混同。
对岸犬鸡鸣叫懒，
我乡牛马步行匆。
刀光剑影谁能忘，
泯灭恩仇岛上逢。

莫言

黑龙江东极太阳广场零下三十八摄氏度书写

闯关东

开疆拓土闯关东，
斗地战天敢称雄。
兴安长白遥呼应，
黑龙松花渐混同。
波浪翻腾心涌动，
冷风吹拂水空濛。
钟鸣对岸无仙境，
不尽遐思入梦中。

庚子九月初二，乘快艇游三江口，江风扑面，浪花飞溅。赋诗一首，以记此难忘行程。

邹平　王振

心系四海 桥连三城

诗两首

百里长龙卧巨涛，奇观壮举引风骚。
文山如月当头照，澎湃心潮逐浪高。

癸卯四月八日，乘车过港珠澳大桥得句，归京录之。
莫言

飞虹连结港珠澳，璀璨三星引大潮。
惶恐滩头看胜景，伶仃洋上唱妖娆。
诗无趣味常遭骂，字有庸姿屡被嚣。
展翼龙车腾空起，高歌如箭射云霄。

癸卯夏，过港珠澳大桥有感。
莫言

梅里雪山

玉龙梅里 圣境灵山

采桑子·梅里雪山

推窗拍照观梅里，太子风仪。岚雾飘飞，大佛青天展锦衣。

挥剑马长嘶。陡崖泥栈攀冰路，万里奔驰。东北西南。霞蔚云蒸十八弯，夜月照灵芝。

数年来，多次赴梅里雪山观圣境，留下许多美好回忆。今天想起，仍然有再去仰观的激动。特填《采桑子》一首，以记当时心境。

邹平　王振

玉龙雪山

元陽梯境龍生田漫彩流
光飛映一方拍客留住
均來兒女丈眼裏雙神仙

癸卯正月十六京城窥哈尼梯田得句　翼真言

云霞变幻 见龙在田

元阳奇境龙在田，溢彩流光水映天。
拍客画师均未见，老夫眼里有神仙。

癸卯正月十六参观哈尼梯田得句
莫言

彩霞红映雨依树光照金鳞波影翡翠
苍龙云翼展腾踏飞阳盘岭妙造神工毕臻
斗折小应层层景裁尽曲深壮观万代
佳缘偕不远春桂飞香蕴隐银池
如镜田畹湖光叠烧火映村酒邀杯
将家皓月当空写尽砚墨在东京
更显今古有良田万民兴

癸卯正月十六日过云南元阳哈尼梯田观赏胜境
翌日于雨依村泼墨诗以志过雁田梯云海翻
滕春风万顷似层层如意图画瑞彩振翅人
飞川画卷雨施霜雪洪波涌也似海有深山云
射斗苍龙过虎青梯舞东西三香梯挟金兰香光樽黄
景须春伴月收影古镜照人

記洪川 观锦光 王振

念奴娇·哈尼梯田

彩霞红映，多依树、光照金鳞波影。梦幻苍龙，云翼展、腾踏元阳峻岭。妙造神工，星罗斗布，水底层层景。鸢飞鱼跃，壮观天地佳胜。

临石遥看残阳，尽流苏凤羽，银池如镜。向晚微寒，炉火旺、杯酒邀相修敬。皓月当空，窗前半砚墨，夜来香更。悠悠今古，有良田，万民兴。

癸卯正月十六日，赴云南元阳哈尼梯田观赏胜境。翌日，于多依树酒店待日出，漫山遍野，层层田梯。云海翻腾，若隐若现。仙风阵阵，如梦如幻。足踏原野，振翅水天。行云从风，雨施雷喧。洪波涌起，似海狂澜。北天射斗，茶花逢展。高楼舜乐，举杯换盏。台前尧樽，赏景须春。伴月将影，古镜照人。

记滇行

观鹊台　王振

元阳哈尼梯田

大江出境东南流椰
面熏风草木稠原来
消歌多少带欣言
敬把泥小高楼

癸卯春游西岛假期 莫言

恍红酒瑭歌声喧小周
南朝多国云地来亭高民间
乐和歌诗境可未婚 莫言

惊奇昔年此地
游尚时秀发尚遮颜
如今满帽秃入羞
基隆山村
面貌良辰集会众
和酬高歌一曲动
神州

癸卯初游基隆山村忆
起三十二年前初游此地情景
作此误泽以记之

莫言

景洪夜市　基诺佳节

大江出境东南流，椰雨蕉风草木稠。
原本沾亲多带故，言欢把酒上高楼。

癸卯春游西双版纳
莫言

灯红酒绿歌声喧，北调南腔多国言。
地远天高民自乐，相亲跨境可成婚。

莫言

忆我昔年此地游，当时秀发尚遮头，如今摘帽秃人羞。
基诺山村新面貌，良辰盛会众相酬，高歌一曲动神州。

癸卯二月游基诺山村，忆起三十三年初游此地情景，作《浣溪沙》记之。

齐叟　莫言

屈子吟詩魚跳出
明妃奏樂雁南
飛美人登雲
心河雲隱一水青意
是桃源

辛丑九月遊桃源得句

高吟 黃真

上连巴蜀 下探越吴

咏秭归

屈子吟诗鱼跳出，
明妃奏乐雁南飞。
美人骚客心何寄？
绿水青山是秭归。

辛丑九月游秭归得句
齐叟　老莫

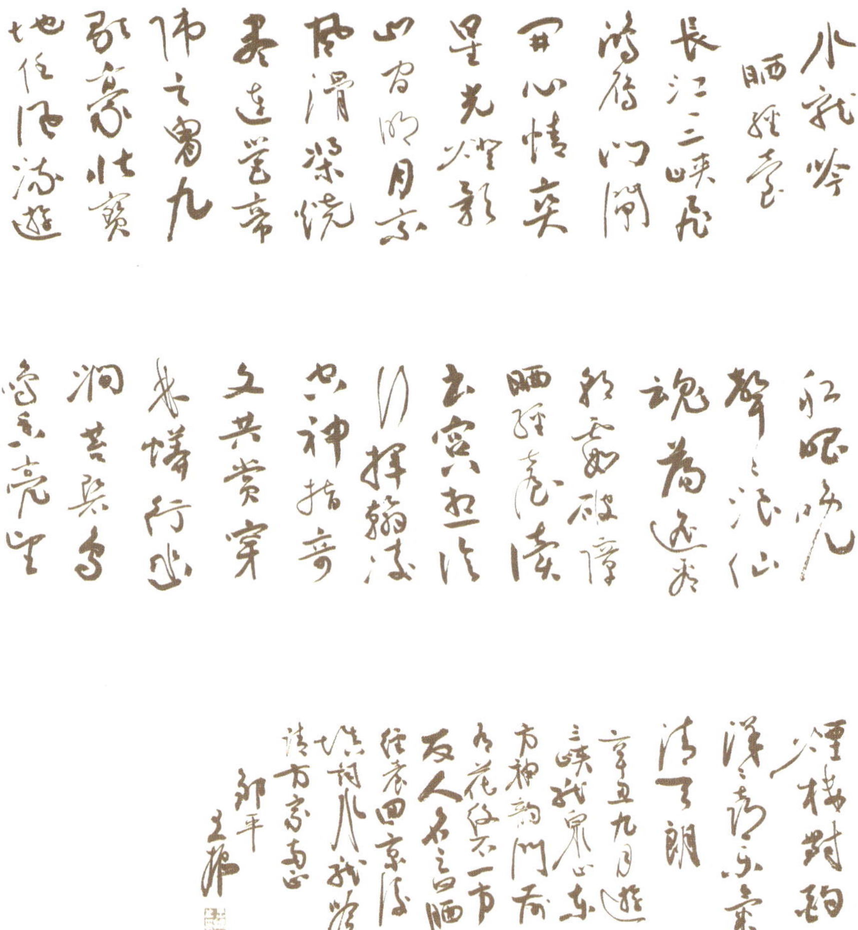

水龙吟·晒经台

长江三峡飞鸿雁，门闸开，心情爽。星光灯影，山间明月，乘风滑桨。烧尽连营，帝师之胄，九歌豪壮。宝地任风流，游船唱晚，声声浪，仙魂荡。

遥看朝霞破障。晒经台，读书冥想。临行挥翰，凌空神指，奇文共赏。穿林蟒行，幽涧苔碧，鸟鸣香亮。望烟楼对酌，洋洋喜乐，气清天朗。

辛丑九月游三峡。龙泉山东方神韵门前有花纹石一方，友人名之曰“晒经台”。回京后填词《水龙吟》，请方家两正。

邹平　王振

辛丑重阳游宜昌
登至喜亭瞰西
陵峡览三游洞又乘
船过葛洲坝三峡二坝
观胜利工程瞻国家
重器赞人民伟力
叹今古奇观
适逢三峡国际旅游
节开幕百架钢
琴在大坝上合奏长
江颂歌豪情喜上心
盘飞白云彩旗招展
琴声雄壮
多雅式有点盛无双
回京后填满江红
词以记之

夷陵出至此
喜变以宜昌光
争壮大江浩荡
鱼跃鸥翔高
峡平湖神
画卷经纬
地大文章夜游船
星漾落人寰歌
满江邀屈子请
王嫱饮李杜宴
苏黄聚美人豁
多龙凤呈祥
百架钢琴弹颂也
万众豪君洪放歌
光泰年时佳岁
是重阳花芳千秋

辛丑九月十一日于
京华
莫言

双坝一峡 雄秀天下

辛丑重阳游宜昌，登至喜亭，瞰西陵峡，览三游洞，又乘船过葛洲三峡二坝，观旷世工程，瞻国家重器，赞人民伟力，叹今古奇观。

适逢三峡国际旅游节开幕，百架钢琴在大坝上合奏《长江颂歌》。绿水青山，蓝天白云，彩旗招展，琴声雄壮。吾虽老朽亦感血热，归京后填《满江红》词以记之。

满江红·夷水陵山

夷水陵山，至此喜、爱上宜昌。登高望、大江茫荡，鱼跃鸥翔。高峡平湖神画卷，经天纬地大文章。夜游船、星汉落人寰，歌满江。

邀屈子，请王嫱。饮李杜，宴苏黄。聚美人骚客，龙凤呈祥。百架钢琴弹颂曲，万层碧浪放奇光。我来时、佳节是重阳，花草香。

辛丑九月十一日于京华

莫言

三峡大坝高百丈横接连地脉

云谭归东铁臂亮秋雁电缘杆顶

淼玉上壁蓄水平湖能洗涤泄层

开闸南啸天京排逆上千山河

惺发岩峨万丈飞滞

辛丑重阳赴巴蜀游三峡 四京 邹平书

七律·三峡大坝

三峡大堤高百尺，接天连地彩云端。
吊车铁臂飞秋雁，电线杆头站玉鸾。
蓄水平湖龙洗澡，泄洪开闸虎啸天。
乘船逆上千山外，何惧磐岩万水湍。

辛丑重阳，赴宜昌游三峡回京得句。
邹平　王振

今夜星光灿烂 明朝日色辉煌

凉州俚句

八月凉州金风爽，
草黄马肥瓜果香。
登上天梯赏古雪，
回首石窟拜佛光。
舌灿莲花五百卷，
不夜书城十万行。
西夏奇文一碑解，
雷台步云游天堂。
天马行空独来往，
蹄撩飞燕九州翔。
放胆山丹军马场，
蓝马典出锁麟囊。
物阜年丰因民勤，
武威远扬靠马良。
夜幕低垂银河灿，
七星如杓舀天浆。
牛郎织女鹊桥会，
泪雨倾盆落八荒。
日出东山红胜火，
沙地留影双腿长。
放眼沙梁千层浪。
仰望高天诗心狂，

瑞安古堡降金雨。
双椿梢头喜鹊忙。
室有巧联嵌名我，
略改几字大吉祥。
莫言无愁莫言乐，
逍遥得趣逍遥昌。

辛丑八月，游武威鸠摩罗什寺、雷台马踏飞燕、山丹军马场、腾格里沙漠摘星小镇等名胜古迹，归京后书此俚句以记之。

莫言

腾格里沙漠看日出

莫言在松花江冰上

卧冰励志 踩雪精神

庚子冬月十八日上午，吾与乡友王振兄，冒雪登上张广才岭大秃顶子山。

此山乃黑龙江省最高峰，海拔一千六百九十米。白雪皑皑，寒风凛冽，气温低至零下三十八度。吾等学习抗联先烈精神，迎风踏雪，跋涉至密林深处，卧倒爬行，啃冰吃雪，体验先烈之艰苦奋斗精神与顽强革命意志。尔后引吭高歌，群山响应，同行者为之欢呼。

此次极端体验，使我等认识到人是需要有一点精神的，无论多么艰难的环境，只要精神不垮，就能战而胜之。

回京后，见此记录当时情景之特大照片有感题之。

庚子冬月廿七日
于观鹊台上 莫言

莫言在黑龙江大秃顶子山

庚子冬月十八日上午
吾與鄉友王振兄冒雪
登小張廣才嶺大禿頂
子山此山乃黑龍江省
最高峰海拔一千六
百九十米白雪皚皚寒
風凜冽氣溫低至零
下三十八度吾等學
習抗聯先烈精神
迎風踏雪跋涉至
密林深處臥倒爬行
啃冰喫雪體驗先
烈之艱苦奮鬥精神
與頑強革命意志
爾後引吭高歌羣
山響應同行者為
之歡呼此次極端體
驗使余等認識到
人是需要有一點精
神的無論多麼艱
難的環境只要精神

我爱国时句句火

发刊词

己亥四次上东瀛，观鹊台主伴我行。
两府一都加一道，看过墨迹探文踪。
初游为拜颜鲁公，祭侄文稿气若虹。
叔侄英豪吞云梦，满门忠烈盖世雄。
未曾观宝先动情，如闻兵戈搏击声。
辚辚车响动大地，萧萧马鸣悲苍穹。
烈士暮年骐骥老，环顾左右泪纵横。
继而寻碑看招牌，扶桑书法汉唐来。
他山之石可攻玉，虚怀若谷金石开。
二访为看歌舞伎，浓妆艳抹如献祭。
汉风唐韵依稀在，重在象征成体系。
更有宝冢艳歌舞，女扮男装满台丽。
雌雄同体刚柔济，无边潇洒万人迷。
一朵奇葩秀高枝，雨中伫立皆粉丝。
人生如梦更如戏，几家欢乐几家啼。
三渡慕名赏樱花，日夜流连不还家。
上野看罢看御苑，又到隅田千鸟渊。
树树粉红枝枝艳，醉蝶狂蜂舞翩跹。

彤云烂漫迷我眼，天鸡抖翅羽毛翻。
人生百岁也嫌短，樱花三日亦璀璨。
来如疾风去似电，我欲效仿礼花绽。
片刻辉煌照千山，胜他黑暗一万年。
痛饮清酒餐花瓣，人不得意更要欢。
四越鲸海一衣带，下榻岭上展望台。
万山如染红黄叶，湖名洞爷水澄澈。
羊蹄山头尖何缺？五百年前曾喷薄。
玉扇倒悬蓝天下，犹记富士四月雪。
驱车百里探当别，青石碑上字字血。
穴居树栖十三载，吾乡刘爷何壮哉！
谁能为公两度临？我是高密第一人。
冰天雪地锻铮骨，百死不改中国心。
竖子嘲我不爱国，吾爱国时句句火！
高粱如炽血成河，一曲九儿泪滂沱。
斜儿笑我不敢言，吾敢言时天惊破。
三十三日呕心血，二十万言蒜薹歌。
丰乳肥臀示大爱，生死疲劳演大悲。
酒国早举反腐旗，后来不绝如风靡。
一声蛙鸣四野应，千万二胎因我生。
猫腔凄厉檀香刑，我以此书敬鲁翁。
凤凰涅槃东方白，万众呼喊我来和。
遥望南天思俊杰，身浸冷泉血犹热。

雪里打滚身全裸，老肉朽骨响格磔。
自谦自嘲不自恋，自怨自艾不自贱。
君子从来不好战，狗血唾面任自干。
人生难得一次狂，嬉笑怒骂皆文章。
挺我僵直病脊梁，反手举瓢舀天浆。
后生切莫欺我老，踏山割云挥破刀。
割来千丈七彩绸，裁成万件状元袍。
一腔热血喷赤壁，正是斗胆展书时。
李杜诗篇两砖悬，二赵事迹双碑刻。
大局从来非人谋，天造地设乃巧合。
犹记龙场问道后，满腔正气壮山河。
南港巨砖阔百米，北国丰碑高千尺。
抛砖自然为引玉，创新且莫逾法度。
学书偶有千虑得，写诗误撞惊人句。
好鸟枝头多亲朋，君侯坐骑唯赤兔。
高山流水觅知音，嘤其鸣兮求友声。
独语也望有人听，学艺更盼能沟通。
香江引玉两块砖，弃之不用也枉然。
吾虽老朽爱追潮，观鹊台主兴更高。
一拍即合哥俩好，申请网上小公号。
关注天下书法事，频与墨友通声气。
愿把吾等涂鸦字，贴上此号求点批。
敢将真话示天下，被人误解亦不怕。

有人批评能进步，骂声如肥催大树。
国学浩瀚如海洋，书法万变随造化。
穷我毕生微薄力，祈盼老树发新枝。
诗至此时意将尽，隔窗忽见雪纷纷。
玉树琼花千山隐，观此慰我村夫魂。
四季轮换时有序，万物死生天眷顾。
以此草莽鄙俗句，权充两砖引首语。

莫言

图书在版编目（CIP）数据

放宽心，吃茶去 / 莫言，王振著．—— 北京 ：人民文学出版社，2025（2025.8 重印）．—— ISBN 978-7-02-019215-1

Ⅰ．I227；J292.28

中国国家版本馆 CIP 数据核字第 2025SL5001 号

责任编辑　**徐子茼**
责任印制　**苏文强**

出版发行　**人民文学出版社**
社　　址　**北京市朝内大街 166 号**
邮政编码　100705

印　　刷　**三河市中晟雅豪印务有限公司**
经　　销　**全国新华书店等**

字　　数　152 千字
开　　本　710 毫米 ×1000 毫米　1/16
印　　张　18.75　插页 1
印　　数　30001—55000
版　　次　2025 年 8 月北京第 1 版
印　　次　2025 年 8 月第 2 次印刷

书　　号　978-7-02-019215-1
定　　价　69.00 元